# 紅い海

高倉やえ

KADOKAWA

# 紅い海

装丁　高柳雅人
扉画　山本道子
カバー画　© GENSAKU IZUMIYA/SEBUN PHOTO/amanaimages

目次

# 紅い海

幸子と夫は、房総の海を見下ろすカナハウスのベランダに二つ並べたデッキチェアから水平線を眺めていた。一〇月の夕陽が鰯雲をオレンジ色に染め、雲が海と接したところから寄せてくる雲の色を映した波が眼下の入り江で音を立てる。聞こえるはずのない音を幸子は聞いていた。その音は海のかなたの石油の国、ケライザの海から流れついていた。

「きれいだ」

隣で呟きが聞こえた。何年もの間、立ち上がるたびに夫が口にする言葉だった。その声はただ夕焼けの色を称えていた。昼を支えた太陽が休息に向かう色を、生まれて初めて目にするような感激が込められた響きに、幸子の目のうちは毎回熱くなった。夫にはいまの感激だけがすべてであって、海が続く先への思いは存在していないのだった。

わずかに冷気が増したのだろう。幸子は夫がガラス戸を開けて部屋に入るのを見送った。五〇歳を過ぎたあたりからとくに外の気温に敏感に反応するようになっていた。夫の頭が椅子の背もたれに隠れ、モーツァルトの喜遊曲がかすかに流れてくると幸子はまた海に目を移した。

一面の鰯雲が次第に大きな一本の流れにまとまり、油を流したようになめらかな海面にオレンジ色の波しぶきが跳ねた。幸子は目を閉じた。ケライザの海には紅の波頭が躍っていた。

二一年目になるのだと、幸子は数えた。海は変わらない。でも、日本も私も変わった。ケライザも変わったのだろうか。

一九六五年、三〇歳の誕生日を祝った年、大手の鉄鋼会社のエンジニアだった夫は、納品検査のため、ケライザの北部、同じ石油産出国である隣国との国境にあるカフジ油田開発の現場に一か月の予定で出張することになった。

「モハメドの故郷ね」

思わず幸子は言った。当時、幸子は水産会社の社長をしていた父が買ってくれた永田町のマンションに住んでいたが、隣の住戸に上智大学の学生だというケライザ出身のモハメドが越してきた。頬もあごも髭を生やした大男で、幸子は一瞬息を呑んだが、笑うとまだ二〇歳の表情をしていて、背がようやく自分の肩ほどの小柄なベイルート出身の妻を連れていた。実家は首都ビザーナで、石油相の邸宅の筋向かいにあった。はじめは赤坂のホテルに泊まり、憧れの伊勢海老を毎日食べていたが、請求書に驚いた父から家探しを命じられ、永田町に来たのだと語った。

やがて日本語を聞きに立ち寄るようになり、お礼にアラビア語を教えると言った。不意に一万円を借りに来るときもあった。幸子がきれいな札を選んで渡しても、モハメドは返すときにくしゃくしゃの札を礼もなく突き出したが、陽気で人懐こい笑顔が無作法に思わせなかった。オレンジをひと箱買い入れて、妻に叱られてしょげているときなどは笑いを誘った。

――日本の伊勢海老は最高だ。でもケライザに遊びにきてくれ。牛を一頭屠《ほふ》ってご馳走する。会うたびにそう言っていた。

一年ほどでアメリカのＭＩＴに行ってしまったモハメドだが、牛一頭はともかく、歓迎の宴会は星降る小山の頂上でやろうと語っていたのが、幸子の心に残った。

夫の出張を聞いたとき、この機会にケライザに行ってみたいと幸子は思った。前年に訪れたイランで、幸子はこれまで見たことがなかった異文化、高度の異文明に衝撃を受けていた。知らなかった世界をもっと見たいという思いに幸子は取りつかれていた。

ケライザは日本と国交はあるものの日本企業の進出はいまだ捗《はかど》らず、イラン同様に女性には日本のような自由が認められていないのを幸子は知っていた。

――ケライザには住まないわ。

帰国して建てる邸宅の図面を広げるモハメドをよそ目に、妻が幸子に言っていたことが思い出された。それでも、ケライザにも女性は生きている。「自由の制限」といっても、旅行者ならば地元の制度に縛られることもないだろうと幸子は考えていた。

原則ホテルにとどまり、外出は夫同伴にすると決めてビザを取り、五月に幸子は五歳の悠一を連れてビザーナに着いた。外国人で埋まるビザーナ都心のホテルは、客の服装が多彩なことをのぞけば東京と変わらなかった。その夜、部屋に寛《くつろ》いだ幸子は軽い頭痛と寒気を覚えた。

翌日、幸子はホテルに残り、夫は以前から招待されていた友人宅を訪ねるため悠一を連れて北に向かって郊外に車を走らせた。空は晴れ渡り、四〇度を超え始めた太陽のもとで砂漠から吹き寄せる砂が簡易舗装の道路に舞っていた。砂が突然巻き上がり、赤く蜃気楼《しんきろう》のように車の行く手を遮ったかと思うと、その中心に突然小さい人影が浮かんだ。夫がブレーキを踏んだときには、路上に幼い男の子が倒れていた。即死だった。

やがて人垣を分けて子供の父親が、部族の指導者の裁定を持って現れた。一人の男が悠一を道路の中央に立たせ、子供の父親は自分の車で悠一を轢き殺した。

ホテルで幸子が見たものは、悠一の遺体と正気を失った夫だった。幸子は誰に訴えることもできなかった。人格がない女性は、家族の男性の口添えがなければ話も聞いてもらえない。ホテルのマネージャーに帰国の便をたずねても、「羊と女性は空を飛ばない」と言って首を振った。

部族が伝統的に持っている正義と秩序に口を挟む権限は、ケライザ政府にも警察にもなく、ましてや外国の政府や民間会社にもなかった。指導者の言葉は、罪と罰を裁断していた。幸子は泣くことも叫ぶこともできなかった。

通産省の参事官だった夫の父は、地上に存在する非人道と非文明を憤ったが、外務省同期に無駄な問い合わせをする以外何もできなかった。帰国便その他、夫の勤め先ができるだけのことをしてくれた。半年の休職扱いのあと、夫は病気退職した。

慰めとも救いとも無縁の日々が過ぎた。悠一を思うと、幸子は頭が割れ、胸が背中まで圧《お》される気がした。可愛い盛りの全くの無実の死だった。別の場所にいれば失うはずのない命だった。幸子は泡になって消えてしまいたかった。傍らには涙の中に自分を責めて精神を壊した夫がいた。その夫を支えなければ悠一は悲しむだろう。さらに父母の嘆きを思えば、幸子は生きるほかはなかった。

夫と二人暮らしていく方法を幸子は必死に考えた。大学を卒業してすぐに家庭に入ったため、仕事の見当もつかなかった。大学で心理学を専攻したことと夫の看病を考えあわせて、社会福祉士の資格を取り、就職先を探した。

幸子の父の大学時代の友人が房総半島の高台に精神科病院を経営していた。幸子は院長秘書として働くことになり、永田町のマンションを処分して、病院の隣にある附属療養施設のカナハウスの一戸を買い取り、夫と移り住んだ。ケライザを離れて二年が過ぎていた。

カナハウスには各戸に庭がついていて、幸子は勤務の傍ら夫と野菜や花を栽培した。季節ごとに花が咲き野菜の収穫があった。棟の間を春には花の香りが、秋には枯葉の匂いが漂っていった。二棟十戸の半数が空いていて、幸子の隣もひとけがなかった。散歩中の老夫婦、いつも微笑んでいる中年の女性と声を掛けあうことはあったが、互いに立ち入ることはなかった。週に一度、軽自動車で街に出て、日用品を求めた。

カナハウスに移っても夫の病状は変わらなかった。悪化はしないが好転もしなかった。薬や定期的な問診など東京にいる間に続けていた治療も、効いたのか、そうではなかったのかも幸子には分からなかった。房総に移ってからは薬をやめ、散歩を日課に、家で静かに過ごした。病院の勤務以外は幸子はできるだけ夫のそばにいるようにして、昼食も家に戻った。穏やかな性格に生まれついて、夫は精神に異常をきたしても暴力的になることはなかった。人との応対はできなかったが、以前の習慣は感覚に残っていて身の回りのことはできた。テーブルの上に皿を直線に並べたり、家を出る前には必ず手を洗うなど奇妙な動作がないではなかったが、幸子を困らせるほどのことではなかった。何をしても、「ありがとう」と穏やかな反応が返ってくるのが幸子を幸せにした。

夫は時どき異様に顔を歪め、苦しげな表情を見せた。悠一の死を思い出したのかもしれないと思うと幸子は心が凍えた。そのようなときは、夫の手を握って穏やかな顔が戻るのをじっと待った。悠一を思い出すものを夫の目に触れさせないよう、悠一の話は出さないよう気を配った。なんとしても夫を回復させたい、回復するに違いない。まじないのように幸子は信じていた。まだ三〇代も前半、二人だけで過ごすことで結婚生活を始めたころの感覚が次第に戻ってくれば、夫はかならず回復するはずだ。夫の周りには結婚当時の記憶を引き出すかもしれない身の回りのもの、使い慣れた茶碗、箸、湯呑みの類、愛用のペン、財布、ベルト、CDを置いた。

回復したら――、幸子は思っていた。まず二人で悠一の骨を納める。小さな小さな骨壺は今右衛門の水差しの中に入れて手元に置いてある。本来ならば夫の実家の青山墓地に納めるべきなのだろうが、幸子は悠一を地中に入れることはできなかった。舅も姑も、幸子の気持ちを察して埋葬については何も言わなかった。

カナハウスに移ったころ、母は頻繁に幸子の顔を見に来た。なにか不自由はないかという顔が、変わらぬ娘の顔を見て安堵した。知人の消息のあれこれを語るときは、幸子の不幸に触れないよう気を遣っていた。話題を探しながら、誰それの子供の成長、夫の昇進など、すべて縁のなくなった娘の人生に涙ぐんだ。なんという不運かという嘆きが母の全身を覆っていた。母と会い、家族の無事を知るのは嬉しかったが、幸子は自身の正直な心情を語ることは避けた。母を失望させ、悲しませたくなかった。夫に変わりはないこと、自分は生活に満足していると伝えると、花や季節の話題以外に語ることはなかった。

多少とも娘の夫が回復しているのではという淡い期待を、来るたびに裏切られて肩を落として丘を下っていく母の後ろ姿を見送ると、幸子は涙が溢れた。父母が老いて衰えたときはせめて世話をしたいと考えた。

母が帰ったあとのキッチンには心尽くしの食品が積んであった。幼いころから幸子が好んだものばかり、夕食のテーブルには都会の香りが漂うが、夫が関心を示すことはなかった。それでも、幸子が卓に着くのを待って静かに食事に手をつける様子は、姑の躾のよさと夫の素直さを偲ばせて、この人が夫でよかったと幸子の心はなごんだ。

治療に伝手《つて》を求めて走り回っても、息子のうつろな目に変わりがない年月が重なるにつれ、夫の両親にも諦めが訪れた。幸子が息子を見捨てることはないという安堵感が諦めを感謝に変えていた。夫の心には親の存在は消えていた。それは過去のすべての記憶とともに砂浜の足跡のように波に洗い流されていた。いま、夫の心にあるのは幸子だけだった。舅と姑の気持ちを思うと痛ましく、幸子は季節の変わり目には無事を知らせた。夫に二人の弟がいることが慰めに思われた。

院長の秘書として来客の相手をするうち、幸子は患者の家族への応対の仕方や待合室のしつらえの変更などを提案し、受け容れられるようになった。夫が寝ている時間は精神疾患の勉強にあて、週末は看護師をお茶に招《よ》んで現場の話を聞いた。職場の同年代の女性たちが、評判の食べ物、人気タレントなどの世間話におしゃれの話、さらには家族の揉め事まで持ち出して盛り上がるのを見ると、幸子は生きているという実感を持った。

房総に移り住んで一〇年が過ぎた。カナハウスでの生活は、幸子には生まれたときから続いてきたかのようになじんだものになった。

晴れた日だった。澄んだ空からの透き通るような風が、高取焼の高い壺に入れたススキの茎の間を流れていた。幸子は椅子の上に立ち、天井まで立てつけた本棚の、普段は手をつけない上段から読むことがなさそうな本を抜き取っていた。夫の祖父の業績を記した分厚い書籍を動かすと、表紙の間から薄く小さく固い手帳のようなものが落ちた。表紙に「悠一」の名がはっきり印字された、見覚えのある銀行通帳だった。生まれてから誕生日や節句など、折々に祖父母たちから受け取った祝いが入れてあった。思わず幸子は夫を捜すと、陽の射すベランダに夫の背が見えた。

「悠一の通帳が出てきたのよ。どうしましょう。子供の施設に悠一の名前で寄附しましょうか?」

声が弾んでいた。何年ぶりかに、夫の意向を聞く興奮があった。

夫は振り向かず、一心に海を見ていた。聞いていなかったのかもしれないと、隣に立って顔を覗いても視線は動かなかった。心が崩れていくのを幸子は感じていた。自分は何を期待していたのだろう。「いいね」と、幸子の心を受けるように、同じように弾んだ声が返るとでも思っていたのだろうか。立ち上がり、二人顔を寄せあって寄附する先を考える。施設の子供たちの顔を想像する、その中に悠一の面影が見える。

そんなことを考えていたのだろうか。幸子は思わず夫の手を強く握り、激しく振った。

「悠一の通帳なの、ね、考えてください」

夫は立ち上がって幸子の顔を眺めた。視線を目から口に移動させてしばらくとめ、また目に戻したが、急に顔を伏せ、両手で頭を抱えた。なぜ突然に幸子が苛立つのか必死に考えているようだった。幸子は本能的に夫を椅子に戻した。膝をついて手を握ると真剣な目が見返していた。幸子は夫の膝に突っ伏した。

幸子の頭にこれまで一人でこなしてきたことの数々が思い出された。悠一の死亡届から、役所へのさまざまな手続き、勤め先はじめ各所への挨拶、求職、家の処分、引越し、銀行との交渉、なにより医者探しと治療、いつかまた夫の腕に縋《すが》れるという漠然とした夢があって耐えたのではなかったか。

体の芯が折れるように感じて幸子は家を飛び出した。通帳を握りしめたまま、あてもなくハウスから裏の高台にさらに足を速めた。好きだった夫の声、もう一度夫の応答が聞きたかった。言葉は穏やか、意思ははっきりしていた。いつも幸子の気持ちを汲んでいた。語りあうのが楽しかった。その夫ともう一度話したい。いまも夫のそばにいたいのは、いつの日かかつての夫が戻ると信じていたからなのだろうか。

心に呟きながら幸子は、夫が二度と昔の人に戻ることはないのを知っていると、あらためて認めていた。最終の診断書は長く目の前にあった。見なかっただけなのだ。幸子は折れるほどに強く通帳を握っていた。

坂が急になり、動悸がした。道端の雑草が目に入ってきた。秋も半ば、足元のヌルデの朱色の葉が血のように輝いていた。滲んだ目にヌルデの色は周りの雑草まで朱に染めた。枯れかけた蔓《つる》にからんだ葛の実も朱を帯びて黒ずんで見えた。点々と飛ぶのは悠一の涙の粒、血の涙の世界とはこのことかと幸子は思った。夫はこの血を脳と心臓に流したのだろう。幸子は声を上げて泣いた。自分の声を初めて聞く思いがした。

立木がとぎれて、海が明るく広がった。眼下の林の間にカナハウスが変わりなく周りの木々になじんで立っていた。幸子はしばらく立ち尽くしていた。

突然、夫が自分の姿を追っているかもしれないという不安が押し寄せた。頼りある夫を求めて叶えられない自分の苛立ちより、幸子の姿を捜す夫の不安の方が大きいことが思われた。目を拭くと幸子は坂を降り始めた。

翌朝も空は澄んでいた。いつものように幸子は隣の病院本館に向かった。ベランダに座った夫が山の方に穏やかな顔を上げているのを目に入れると、幸子の胸に風が過ぎ去ったあとのようにすっきりした思いが溢れた。足元には地を這うように野菊が花弁を欠いたまま紫に開いていた。

いましがた別れてきた夫と昼にはまた会える。それで十分ではないかと幸子は思った。これまでかたづけなくてはならないことは一人でこなしてきた。なにかあっても、これまで通り、一人で解決していくだけだった。多くの人がしていることだった。なんで泣き、苛立つことがあろうかと思われた。


月日は過ぎていた。悠一の死から二〇年を経たころには幸子は夫と二人、山と海と病院に囲まれた世界に落ち着く自分を感じていた。

夫は幸子に何の反応も見せないときもあれば、花を抱えた幸子を認めて微笑み、水の入った重い花瓶をテーブルに載せてくれることもあった。そのようなとき庭に面して置いてあるデッキチェアに二人で座って午後の風にあたったり、たそがれに金星が木々の間に輝き始めるのを眺めた。椅子の肘掛けに置いた手の甲に夫の手のひらを感じるとき、幸子はケライザの事件はすべて夢想であって、息子の悠一が生まれる前の自分たちが、いまここにいるような錯覚に陥るのだった。

友人の電話も誘いも抵抗なく受けられるようになっていた。悠一が生まれたころのアルバムも開くことができた。目を閉じると大きくなっていく悠一の姿があった。生きていたらいくつと数えた。同じ年頃の子供が事故や犯罪で死ぬニュースを聞くと、心が凍った。子供の死が親の虐待や遺棄が原因であれば、胸が痛んで眠れなかった。子供たちの不運が何故であったのか、という思いが幸子に衣服のようにつきまとった。

空の澄んだ夜には夫が休んだあと、幸子はセーターを重ね、ベランダに出て、冴えわたる空を眺めた。宇宙の果てまで映したような空は、悠一が死ななければならなかった理由も示してくれるような気がした。

鉄鋼会社に勤める夫にケライイザへ出張指示が出たのは企業活動の常だった。なぜ、自分はあのとき悠一を連れて周りが眉をひそめるような場所に出向いたのだろうか。あのとき見知らぬ世界に行きたいと思ったのはなぜだったのだろう。幸子は思い返すようになっていた。

幼いころ幸子は、澄んだ月空を絨毯に乗って飛ぶ美しい姫君と王子や、ターバンを巻いた髭の大男らの魔法の世界を夢想した。高校生になると世界史に興味をひかれた。どの文明も学んで楽しかったが、子供時代に読んだギリシャ神話の人間味溢れる世界を生んだギリシャとペルシャ文明との衝突、西と東を結んだヘレニズムの世界に憧れた。女子大学に進むと、ギュスターヴ・モローやドミニク・アングルのオダリスクに魅せられ、西欧にとってのアラブ世界を夢見た。それは石油の臭いのない文化・文明の世界だった。

見合いで四歳年上の夫と結婚してからも、幸子の書棚は、世界各地の歴史や文明の本、考古学の美しい印刷の写真集が加わり続けた。

いつか訪ねてみたいといつも考えていた記憶を幸子は鏡のような空に映し出すように辿った。

「なんでイランなの？」

夫は呆れたように言ったが、反対はしなかった。夫にとってイランは遠い国ではなかった。テヘランには大学時代の級友がイラン国王が建設する贅沢な建物を設計するために滞在していた。

母を説得して悠一を預け、幸子は夢見たペルセポリスに飛んだのだった。一点の曇りもなく静まり返った空を突くように並ぶペルシャ王宮殿跡の石の列柱、世界各地から貢物を持って訪れる人々が彫られた石壁、四頭立ての馬車が一気に駆け上がることができるように造られた王宮への階段、その上に立って幸子は、見はるかす地平線のかなたからアレクサンドロス大王の軍馬が蹄《ひづめ》を打ち鳴らし、宮殿に向かって進撃してくる音を聞いていた。

悠一が手を離れたら、いつか大王の跡を辿り、アフガニスタン、さらにカイバル峠を越えて、大王が兵を休めたというパキスタン北部のスウォットの谷まで行ってみたい。目を閉じ、四〇度を超す大気に体中の水分を抜き取られるような感覚に浸りながら、幸子は深い息を吸っていた。

帰途、幸子はイスラム教発祥の地、黒いチャドルの女性が歩くシラーズでイスラムのモスクに詣り、サファヴィー朝ペルシャの繁栄を誇ったイスファハンでイスラム文明の高さに感嘆した。

「ぜひ訪ねてくれ」と言ったモハメドの髭面が浮かんだのは、あのときだった。幸子は思い出していた。ここまで来てみればケライイザはほとんど隣だと思った。

夫の出張を聞いたとき、この機会にケライザを訪ねることは自然に用意されたことのように思われた。ケライザでも、青年が若い妻に頭が上がらないのは日本と同じだったし、どんな世界かと出かけたイランでも、テヘランではミニスカートの若い女性たちが闊歩し、英語で話しかけてきた。灼熱の太陽が落ちた夕べには、地面に穴を掘って喫茶店にした冷んやりとした空間で、冷たい飲み物を前に家族連れがゆったりとした時間を楽しみ、ベールを被る前の少女が父の隣で愛らしく甘えていた。そうした一家団欒は青年の故郷ケライザでも同じであろう。丘の上の家族団欒がある。あのときはそう考えるのが自然だと思っていた。

幸子の目にどっと涙が溢れ、月が流れた。ケライザに悠一を連れて行ったのは自分だった。前の年のイランに続いて母にまた悠一を頼むのはためらいがあった。だが、大学の歴史学科を諦めさせたことを気にしていた母が、幼い子を置いて一人旅とは非常識だという父を説得してくれたのだった。あのとき連れて行かなかったら悠一は死ぬことはなかった。悠一は母親の夢の犠牲になったのだろうか。歴史が好きな母の子供に生まれたのが不運だったのだろうか。

「もし」はどこまでも広がっていった。日により、時間により、体調により、限りなく多くの仮定が浮かんだ。もし、父の反対を押し切って歴史学科に進んでいたら、夫とは出会わなかっただろう。悠一は生まれないですんだ。

「もし」を作らなくても、異なる文化について、もっと用心深くあればよかったのだろうか。未知の世界についてあまりに無防備だったのか。

モハメドが夫に日本の建築家を紹介してくれと頼んできたことがあった。

――ケライザには住まないわ。

浴室は幸子の家ほどの広さがあり、自家発電、多数の植樹など要求を並べるモハメドを横目に、妻は幸子に囁いた。カイロ大学で知りあったという妻の言葉の意味を、真剣に突き止めておけばよかったのか。しょせん旅行者には関係ないと、気がかりを一蹴していたのが浅はかだった。

罰にせよ、復讐にせよ、轢かれたのは夫でなく、悠一だった。部族の子供の父が受けた苦しみを、子供を轢いた夫に受けさせた。それは二人の男には公平かもしれないが、悠一の命は誰が贖《あがな》うのか。女子供は物と同じ、男の所有物という社会ではそのような疑問はないのであろうか。悠一が女の子だったら殺されないですんだのだろうか。それとも子を失った償《つぐな》いということでやはり殺されたであろうか。

正気を失わなかったら夫はどうしただろう。自分の過失を悔やむより悠一を奪った社会を憎んだだろうか。ひたすら土地の文化を恨み、運命を呪い、果ては飛び出した子供を憎んだかもしれなかった。それでも銃を持って追うことはしなかっただろうと、幸子には確信に近いものがあった。

歴史を遡れば、英雄、帝王、盗賊そのほか、人の命を無視できる強靭な神経を持った人々がいたのは明らかで、歴史はそうした人々によってつくられた。夫はその種類の人ではなかった。

幾度考えても思いは同じところをさまよっていた。何年経っても考えに目新しい進展はなかった。

その夜も幸子はベランダにいた。月が、ここに越してきたころよりも枝を広げた柿の木の、葉が茂って黒い山になっている上にかかっていた。夫は早くに二階に上がっていた。最近、夫の就寝が早くなっているのが気がかりだった。食事も進んでいなかった。それでも機嫌はよかったと、今日一日を思い返し、幸子は不安を追いやり空を眺めた。

波音がかすかに聞こえた。肩が冷えるのを感じて、幸子は立ち上がって家に入った。テレビをつけると、田中元首相が脳梗塞で倒れたとニュースが伝えていた。しばらく幸子は訪問客であわただしい田中家の門前の映像を見た。

「田中さんと言えば、ロッキード事件で五億円の受け渡しがあったのは、ダイヤモンドホテルのそばだったのよ。あの場所よ」

ニュースで過去の映像が流れたとき、幸子は声を上げた。以前、住んでいた永田町に近いダイヤモンドホテルのカフェで夫とお茶を飲んだ思い出が幸子の胸に浮かんだ。あのカフェの席から斜向かいに現金授受の舞台となった車が見えたはずだった。

声を出したあとすぐに幸子は口をつぐんだ。椅子に腰掛け、窓から外を見ている夫には関わりのないことだった。あの事件がニュースで報じられたころからありのままの夫を受け容れられるようになったのだ。いま、一連の事件の中心人物が倒れたニュースは、もはや自分にも関係なかった。幸子はテレビを消した。事件が生んだ幾人もの知られない自殺者だけが痛ましかった。社会には不条理な死が組みこまれていた。夫も自分も無事に生きてきたという思いがあった。

相良なおみはカナハウスへの坂を上っていた。時どき立ち止まって振り返ると、御宿《おんじゅく》の白浜が家々や木々の蔭に見え隠れした。陽は高く、夏を思い切れぬような雲が入道雲さながら高く盛り上がっていた。光があたりを覆う葛の葉の上に松の影を落とし、陽を浴びる茂みの緑は澄んだ空気のもと春の芽生えより鮮やかに見えた。楢に這うあけびが色を加え、杉にまといつく蔦《つた》うるしが鮮やかな赤を見せ始めたのをのぞけば、房総の秋はまだ木々の葉に届かず、夏枯れの印象もない山々はさわやかに膨らんでいた。冷たい風が首すじを吹き抜けた。

「最高！」

なおみは大きく息をした。

大学の経済学部を出て、広告会社に数年勤め、フリージャーナリストに転身して一〇年が過ぎ、書くこと、語ることに自信が生まれていた。ある雑誌社が中東のイスラム世界について特集を組む企画を持ちこんできたのは、夏の終わりだった。

中東はその広大さとは不釣り合いに、日本人にとってはなじみの薄い世界だ。

三大宗教の一つとされるイスラム教のもとで、人々は、日本とは全く異なった風習に生きていると漠然と思われている。近年になってアラビア石油が話題になり、日本とは無縁でないことが知られるようになったが、地図上でどんな国があるのか書くことができる人は少なかった。なおみ自身、一九七九年にイラン革命が起こり、アメリカ大使館の人質事件が連日新聞をにぎわし、八〇年にイラン・イラク戦争、と続いてから中東に関心を寄せるようになったのだ。イスラム世界を知るよい機会だとなおみは企画に情熱を感じた。

中東の歴史、石油をめぐる政治・経済については、別の執筆者が予定されていた。イスラム文化を生活者の視線で書くのがなおみの担当で、中東各国の在日大使館を訪ね、日本に滞在するムスリム諸国の人々を紹介してもらった。本人や日本人配偶者へのインタビューを重ね、一〇月が終わるころには、年末の締め切りまでに書き上げるための材料を手に入れていた。

山は越したとひと息つきながら、なおみはレポートの内容に物足りなさを感じていた。中東諸国は第二次大戦で日本から被害を受けていなかっただけに、一般的には欧米に対するほど日本に反感はなかった。それだけにインタビュー相手の反応は、日本の文化や生活に好意的で、自分たちの文化との共通性を探し、つまりは表面的に折り合いをつけているという印象をぬぐえなかった。そのようなインタビューをまとめた結果、レポートは底の浅い作文になっていた。長い歴史と文化が彫りこんだ妥協を許さぬ鋭さ、イスラム世界のないはずがないその厳しさを書かなければ、読者がイスラムを肌で感じるものにはならない。それも学問的な記述では読者を引きつけることはできない。なにか衝撃的で具体的なエピソードが欲しかった。

ファイルの山から目を外すと、経営コンサルタントとして大手町の企業に勤める恋人の顔が浮かんだ。ここ一か月は会っていなかった。どこかで時間、それも十分な時間を取らなければ関係が危うくなるかもしれない。漠然とした不安が、夏の雲のようにわき上がった。昨夜、一週間ぶりで電話をしたときの応答がそっけなく思えたのが気になった。できれば、いま感じている行きづまりを聞いてほしかったが、そんな雰囲気ではなかった。彼も忙しい。関係修復にはゆったりした気分で機嫌よく会いたい。それにはまず目の前の仕事をかたづけなくてはならない。なおみはまたファイルを開いた。

一一月のはじめ、なおみは都内で大学の同窓会に出た。社会の中堅となり、働き盛りの仲間たちが景気や仕事の話で活気づき、名刺交換に忙しいなかで、なおみはふと話し声に「ケライザ」という音を聞いた。最近、ロンドンから帰国した鉄鋼会社に勤める同級生が、ケライザの商業都市ジッパーにしばらく駐在した折に聞いたという話をしていた。同じ会社の大学の先輩が、ビザーナ近くで交通事故を起こして現地の子供を轢き、その償いとして自分の子供を轢き殺され、発狂したというのである。

「ひどい話だな」

「まだ野蛮な国だよ。そんなところにやられたのが不運だったね」

ひとしきりの反応のあと、話題はすぐほかに移った。

これは生の声だとなおみは思った。もしこの話が本当なら「目には目を」の世界である。レポートを生かす材料として使えるかもしれないと胸が騒いだ。

なおみは話の輪を離れた同級生を追った。

「はっきりは分からないんだ」

眉を寄せて彼は言った。

「噂を聞いただけだからね。それに二〇年も前のことだ」

誰でもいいので、なにかを知っている人を紹介してほしいとなおみは繰り返した。仕事がかかっていた。数日して同級生は、先輩が千葉県の精神科に入院していることを知らせてきた。

「奥さんが病院に勤めながら看病しているそうだ」

感謝のメールを打ちながらなおみは高揚していた。迫力のあるレポートができる予感があった。

ケライザは部族社会といわれ、社会の仕組みも理解しにくい。一方で、近年は日本との経済関係も深まり、技術協定も結ばれた。全く無縁の非現実世界ではなくなっていた。

なおみは病院の院長に手紙を書き、患者の妻から話を聞く承諾を取りつけた。妻はいちばん事情を知る人であり、もっとも苦しんだ当事者である。二〇年の歳月が苦痛と悲しみの記憶を消すことはないはずだった。カナハウスで会うことができるのは、幸運だったとなおみは張り切っていた。

坂は続き、わずかに息切れを感じ始めていたなおみは、十字路を右に曲がると息を呑んだ。目の前にそびえる傾斜を一面に埋めた人の背ほどもあるススキが陽を受けて秋を謳歌するように輝いていた。飛ぶ寸前かと見えるほどに熟した穂が風を受けると、白昼に幻の白狐が現れて身をうねらせるような錯覚があった。陽を浴びて白狐の毛先は白から銀色に変わり、波となって空に続き、そのはるか左端に隠れるように病院の白い建物が見えた。

木造総二階の病院の前でなおみは息を整えた。風が頬を過ぎた。雑草に覆われた広い空地の先にカナハウスが見えた。テラスハウスになっていて、住戸はみな海を向き、二階からは眺めがよいだろうと思われた。空地を縁取るように黄色と白の小菊が群れていた。

なおみはゆっくりとハウスに向かった。右端の家に近づくと、前庭に数株の大きなカンナが紫の葉の間から朱色の花を咲き誇らせ、夏の名残のバラが生垣を覆い、コスモスが萩と並んで玄関までの道に沿ってわずかに揺れていた。庭の一角は畑になっていて、土の上に数本の大根が肩を出したように斜めに植わっていた。

時間は約束にきっかりだった。ドアが開くと、たたきから続いて段差がない部屋に、紫や臙《えん》脂《じ》の花を散らしたミディに濃いグレーのセーターを着た幸子が立っていた。

「丘を上るのは大変だったでしょう。どうぞ」

「いえ、風がありましたから。お邪魔します」

室内の二方に大きな窓があり、そばに北欧のテーブルと椅子、壁に沿ってオーディオのスピーカー、上部に長谷川潔の版画が二点かかっているだけで広々していた。部屋の一角に置かれた上野《あがの》焼《やき》の緑の大壺に萩が溢れているのが華やかに見えた。

茶色のパンツスーツに大きな黒のバッグを抱えたまま、勧められるままになおみは速足で窓に寄り、バッグを床に置くと椅子に腰掛けた。首を揺らせて髪を落ち着かせ、脚を組むと、首すじに空気が流れた。幸子の肩ごしに奥に目をやるとカーテン越しに調理台の上の黄菊が見えた。二階が寝室だろうとなおみは考えをめぐらせ、夫は病院だろうか、それとも二階にいるのだろうかと思った。

海からの風がほどよく流れこんでいた。なおみが海側の窓の先に目をやると、幸子がテーブルを挟んで向かい合わせに座り同じように窓の外を見た。二人の視線は窓の外で焦点を結んでいたが、視力の異なる二つの目のようにどこかあいまいに交わっていた。

黙って座っている幸子は部屋の一部のようだった。これまで出会ったことのない雰囲気になおみは勢いをそがれていた。幸子には全く自我を感じさせない、しかし間違いなく生気があった。

見知らぬ人と対面し、話を引き出すのには馴れているはずが、なおみの口は我知らずぎこちなく動いた。面会の依頼を快く受けてくれたことに礼を述べ、頭を下げると、とっさに次の言葉が出てこなかった。「当意即妙」がいわば特技であったのが、なぜか気後れして頭が働かない。

　幸子はなおみの次の言葉を待っていた。額の半分は海の方を向いていたが、客を迷惑に思っていないことは読み取れた。催促の様子のない静かな目を見ているとなおみは少し落ち着いてきた。

「ご主人の具合はいかがですか？」

　とりあえず言った。

「今日は調子がよいようです。いま昼寝をしています」

「それは。調子がよいときと悪いときを繰り返しながら回復なさるのでしょうか？」

　相手の気持ちに添うようにと考えながらなおみは言った。

「主人の場合、もとに戻るという意味での回復はないようです」

　嘆いているでもない静かな口調だった。

「医学の世界は進歩しています。それにいまや長生きの時代、よい薬が出るかもしれませんね」

　返事はなく、沈黙が戻った。幸子が気分を害したようではなかった。ただ黙っていた。風が萩の間を抜けるのが感じられた。これ以上満ち足りた静けさはないかのようだった。患者は穏やかに眠っている。妻は静かに座っている。

　次を続けようとしたなおみは、口にしようとしていることがいかにもふさわしくないように思われ、言葉が出てこなかった。子供を轢き殺された人間として報復をどう考えるのか、用意の質問がつまった。幸子の視線に引きずられてなおみも半ば海を眺めた。松の間に房総の明るい海面が見えた。心を鎮めてくれるようにも見え、目的を忘れるなと励まされているようでもあった。

幸子が立って煎茶を運んできた。

「地元のものですが」

鯛の形のせんべいが輪島塗の盆に盛られて清水焼の茶器と一緒にテーブルに載った。

「ここに住まわれてからどのくらいですか？」

「一九年になります。なんでも古くなりました」

なおみの目が床に置いた小型のテレビに流れたのを見て、幸子は微笑んだ。

「以前から使い馴れたものを使う方が、主人が落ち着くようですので」

この家に移るとき、幸子はほとんどすべての家財を処分してきた。持ってきたものはその後替えることはなかった。

「そうやってご主人の気持ちのケアをしていらっしゃるのですね」

ケアという言葉がわざとらしく浮いて響いた。幸子は答えなかったが、なおみはようやく話のきっかけを摑んだ気がした。口が動き始めた。

「お子さんを亡くされたのは、ずいぶん前ですね」

「二一年になります」

「ジッパーにいたという大学時代の友人からこちらの話を聞いて伺ったのですが、事件はビザーナだったとか。どういう場所ですか?」

「ジッパーは港町でどちらかというと開明的です。ビザーナは内陸にあり、保守的といわれていますが、私はどちらの都市もほとんど知りません」

幸子は抑揚のない声で言った。

「その保守的なビザーナで事件は起こったのですね」

「ビザーナというよりさらに内陸に入ったところで、私も知らない部族の支配地区らしいです。保守的というより固有の文化のあるところで」

「固有の文化の中で悲劇が起こったのですね」

「悲劇だったのでしょうか?」

能面のように幸子の表情は変わらず、なおみはまた話の接ぎ穂を失った。茶器に手を伸ばした。煎茶の甘さが舌から胃に広がった。どんなに月日が経ったといっても、子と夫を失った恨みが消えるはずはないとなおみは思い返した。

犯罪について、それが過失によると故意によるとを問わず、国家が裁判権と刑罰権を専有するのが文明だとなおみは信じていた。この事件を文明と非文明の狭間で起こった悲劇としてイスラムの一面を際立たせる材料にするため、なおみは取材に出かけてきた。

なにかおかしいとなおみは感じた。これでは望む情報は得られない。望むものどころか幸子の考えが分からない。多少苛立ちを感じて単刀直入に言ってみた。

「お悲しみは分かりますが、復讐を考えられたことはありませんでしたか？」

「復讐？」

しばらく幸子は考えていた。

「何に対して？」

呟くような声がした。

「ご主人は過失です。過失にしては罰が重すぎます。ましてや一人の罪のない人間であるお子さんを私刑により殺された。そのことに対する復讐です」

幸子は黙っていた。まるで部屋の隅の萩を入れた壺のようだった。なおみは喋りながら自分が一人いきり立っているような、いかにも場違いな気持ちがして落ち着かなかった。いつもは話が始まって数分間でその場の会話の主導権を手中にし、相手はなおみの欲しい情報を口にしてくれるものだが、今日は自分一人があたりの空気を掻き乱していた。空気は一瞬ざわついただけで収まり、なおみと幸子は再び隔てられていた。

「どんな復讐があるのですか？」

幸子の声がした。

どんな復讐が考えられるだろう。それは幸子から聞くはずだった。

なおみはふとある男の顔を思い出した。なおみは数年前から「被害者のその後」という連載レポートを手がけていた。前の週に取材した男は、一〇年前に妻と幼い子供を若い男に殺された。犯人が成人したばかりだったことも裁判を長引かせたが、高裁は無期懲役の判決を下した。男は上告し、繰り返し犯人の反省のなさを訴えて高裁差し戻しの判決が下され、最終的に死刑判決を得た。

——合法的に復讐を遂げられたわけですね。

なおみはその男に言った。

——正義です。

男は顔を歪めた。再婚したという男は事件のときからはるかに老い、表情は自らが加害者のように荒れていた。

——法廷で見るたび犯人は太って大人になっていくのです。

男は顔を歪めた。一〇年の間、中年になっていく犯人を老年に近づく男は憎み続けた。

——これほど粘り強く犯人への罰を追及してもらって、殺されたご家族は幸せだったでしょうね。

なおみはレポートを締めくくるための発言を引き出そうとした。

——犯人は罰を受けなければならないのです。これは正義です。妻子が死んで犯人が生きていては救われません。正義がなければ私も生きていけないのです。

男は生きていくために正当な手段で復讐したと言った。それが正義だと言った。あの執拗さを持たない別の男の妻子を殺していたら、若い犯人は無期ですんだのだろうか。なおみはそのことを思い出していた。

幸子の姿勢がわずかに動いた。なおみは頭を上げ、社会には誰もが受け容れる正義が必要だと心に繰り返した。

「主人が過失で相手の子供を轢きました。ケライザは王族が地方を治めているそうで、場所によっては投獄とか罰金とかで罰せられたかもしれませんが、たまたま主人が事故を起こしたのは部族が実際に支配している地区で、そこでは過ちは同じ仕打ちを受けるようです。あの地方の文化です」

幸子の声がした。

「同罪同罰というイスラム文化ですね」

「イスラム文化かどうか分かりません。地元の部族の慣習と指導者の判断だったのでしょう」

幸子は口をつぐんだ。しばらくして低く言った。

「少なくとも被害者の父は、夫に復讐して名誉を守ったと心を鎮めたでしょう。夫はもう恨まれてはいないと思います」

なおみは幸子の心理が読めなかった。

「悠一君の人権はどうなるのですか？　あれでよかったとおっしゃるのですか？」

幸子は答えなかった。沈黙が続いた。

「なぜ政府に訴えなかったのですか？」

「ビザーナの政府も部族の慣習に干渉はできません」

「外国人なのに土地の部族と同じに扱って通るのですか？」

「部族に外国という概念があるのでしょうか？　あるのは自分に害を与えた敵だけです。復讐に公も私もありません。私がどうしても〝復讐を〟と言うのであれば、拳銃を持って相手を撃ち殺すほかはないでしょう。私は拳銃は使えませんし、人を殺すことはできません。それに私も殺されるでしょうね」

すでに悠一の命は失われている。その人権を言い立てるのか。「人権」など聞いたこともない人に、と幸子の目が言っているように思い、なおみは一息ついた。

「文明と非文明の接点ですね。接点では文明は無力だということです」

「非文明？」

しばらくして幸子は言った。

「被害者の家族は、同じ方法で悠一を殺すことで復讐は遂げたと心を鎮めたでしょう。自分の車に加害者の息子の体を感じたのですから。加害者が後悔したとか、罪を悔いたとかに関係なく、自分も同じことをしたということで納得したでしょう。ともかく恨んではいないと思います。悲しみは残るでしょうが。恨みをなくすことを考えると何が文明なのか分からないのです」

幸子の声は低く抑揚なく響いた。数え切れないほど繰り返された自問自答を思わせた。

「およそ文明国家では刑罰権を国家の専権にしています。国家が被害者に代わって加害者を罰してくれるものです」

なおみは自分の声を甲高く聞いた。

「正当な罰があるのでしょうか?」

幸子の声が低くなおみは聞き取れなかった。続けようとして幸子の視線が自分を通り越して窓に向いているのを見た。視線の先の柿の木の枝をカラスが揺らし、枝先に上下する柿の赤さが目に染みた。

悠一を殺した男は夫を恨んでいないであろうという幸子の言葉が、なおみの頭をめぐっていた。取材した男は、反省がないと加害者を恨んでいた。加害者がどのような反省をし、どのような罰を受ければ、被害者にとって十分とされるのだろうか。およそ加害者と被害者との間に、「害」の深さについて共通の理解などあり得るのだろうか。

被害者は相手が死刑になったあとも、生涯かけて恨み続け、ますます暗い顔になるかもしれない。そして加害者はわびるよりも、いったん無期懲役になったものが死刑に覆されたとして、執拗な被害者を恨むだろう。長い裁判の間には、加害者の家族も息子の罪にはじめは驚き、おびえていたとしても、最初の裁判から一〇年生き延びた息子を見れば、死刑は重すぎると被害者を恨むのではないか。

　取材した男は、妻がされたように加害者の首を絞め、加害者の肉体に食いこむ自分の指に相手の命の最後の感触を残せたら恨みは消えるのだろうか。加害者も苦しい息の中で自分のした行為の意味を知り、後悔しながら息絶えるのだろうか。それとも夢中で抵抗し、力に勝れば、逆に被害者を殺すだろうか。

　なおみはこれまで考えなかった疑問をもてあます気分に襲われた。はっきりしているのはどこかで法が復讐の連鎖をとめねばならない、それが文明であり、社会秩序だということだった。恨みのように贖えないものは金銭で償うしかないことをなおみは思った。

「賠償を請求しなかったのですか？　勝手な私刑の賠償を求めることで、せめて行為の不当性を主張できたのでは？」

　悠一を連れて夫が招待されて行こうとしていたのは、どのような場所だったのだろうかと幸子は思った。モハメドのような特権階級はともかく、普通の人はどんな暮らしをしているのだろう。テントの先に羊の丸焼きが待っていたのだろうか。彼らから牛や羊を取り上げてどうなるものでもなかった。

「不当とか正当だとか、考えません」

　なおみを見て幸子は言った。

「ではどう考えるのですか？」

しばらくして、幸子は言った。

「運命だと思います」

「運命だと受け容れられますか？」

「受け容れなければどうなります？」

幸子は自分に呟くように言った。

「悠一には祈りしかないように思います」

「祈るだけでは何も変わらないではありませんか？」

なおみがすぐに応じた。

「平安は得られます」

「キリスト教徒なのですか？」

「いえ、なんでもありません」

幸子の返事になおみは黙った。

若いころの幸子は、祈ることでは何も変わらないと考えていた。いまはただ祈っていると落ち着いた。悠一に語りかけることもあれば、ニュースで知る虐待の犠牲となった子供の魂に手を合わせることもあった。

「お茶を替えましょう」

幸子は立ち上がった。

窓からかすかに淡く白い塵のようなものが流れこんで天井に舞い昇っていった。ススキの穂らしかった。

異文化の衝突から生まれた悲劇を取り上げるために訪ねてきたが、幸子は事件を個人の生き方の問題としてのみ考えていると、なおみには思えた。幸子は恨みを消すことで生きようとしている。同じ恨みの解決方法にしても、アメリカのアーミッシュの人々のそれとは対照的なのをなおみは本で知っていた。最近、アーミッシュ社会の学校内で生徒が銃撃され多数死亡したが、地元の人は犯人を赦《ゆる》し、犯人の家族をこれまで通り受け容れているという。人々は社会的に赦しを教育される。そのような社会は存在する。いずれそのような社会を目指すべきだと幸子は考えるのだろうか。なおみは幸子が姿を消したカーテンの先を見ていた。

幸子は古いマイセンの茶器を盆に載せた。「幸せになるのよ」と結婚祝いに渡してくれた祖母の顔はいつも微笑んでいた。カップに描かれた中国風の衣装のひだを眺めながら、夫はまだ眠っているだろうかと耳をそばだてたが、二階に動きの気配はなかった。

なおみは無造作にコーヒーカップを手にした。取っ手が華奢《きゃしゃ》に感じられ、思わず左手で支えた。

「誰も恨んでいないとさっき言われました。それは赦しですか？」

カップを置くと、なおみは言った。部屋の空気が動いた。

「赦し？　どうだか分からないのです。恨みを抱えては生きられなかっただけです。恨みも怒りも感じないことはたしかです。感じないものに赦しがあるでしょうか。ただ静かに悲しいだけです」

悲しみにはいろんな慰めがあると幸子は思っていた。静けさも慰めだった。

悲しいだけでは解決にならない。その受け止め方を聞きたい。そこから文明の衝突が個人を翻弄する悲劇が浮かんでくるはずだとなおみは思った。

「子供を殺され、夫はショックから精神を病むという大変なご不幸に遭われたわけですが、どのようにそれを克服なさったのですか？」

不幸？　自分は不幸なのだろうかと幸子は思った。

二階の寝室で休んでいる夫の腕に今朝も朝の光が注いでいた。幸子を抱きとめるためにいつも用意されている腕、幼いときの父親の懐のように男性の優しさだけを残した腕。聞こえるのは小鳥の声。あとは空気の動き。

陽が高く夫の気分のよい日には手をつないで歩く。どこまでも気の向くかぎり歩く。猫じゃらしが足をくすぐる。黙って疲れるまで歩く。

小鳥の騒がない闇には完璧な静けさがあった。しなければならないことのない静けさ。時間の制約のない静寂。浴着から覗いた夫の胸に月の光が流れこむ。まだ十分に若く、質素な食事と運動で引き締まった夫の胸に伸びる青白い影。整った顔に邪気の影もない表情で眠る姿は、キューピッドを思わせる。

今日も一日無事に終わったと、身も心も自分を離れた思いでシーツの感覚に包まれる。かすかな体温が伝わってまどろむ安堵感。

見つめられている気配でゆっくり開く目に、まつげの奥の瞳が幸子を包む。夫の心にあるのは私。私もその心に縋りつく。胸を合わせ、ひたすら追う無限の甘美の感覚はともに抱えた悲しみと絶望の世界。夫の髪を自分の指で梳きながらこのような世界もあったのだと泣くような思いを幸子は嚙みしめる。

——子供を失わなければ人生は分からない。

夢うつつの中に、幼い子二人をなくした祖父の声が聞こえる。

夢にも思い描かなかった人生だった。理屈や価値判断を持たずに生きるなど想像もしなかった。もう一度手にしたいと願ったものは何だったのだろう。社会、世間、地位、尊敬、誇り、能力、失われたものにどれほどの意味があったのだろう。余計なものを抱えこんでいただけであったのか。

おそらくあったであろう世界では、自分を女性だと思うことなく日を重ね、気づけば老いていたのではなかったか。東京の本社勤務、毎夜の遅い帰宅、休みのゴルフ、子供の世話と夫の健康管理に明け暮れる日々。家事やつきあいの合間に趣味に気を晴らし、よき妻という自負で過ごす日々。

いまの方がよいというのではない。夫との愛は、悠一の死に包まれていた。人と結ばれる至福も知らず、人生が何であるかも分からなくていい、望めば叶うのなら何に代えても悠一に生きていてほしかった。しかし、いずれか選ぶなどということが人間に許されるのだろうか。不運はあったかもしれないが、不幸はなかった。

「幸とか不幸とか考えたことはありません。克服といってもただ生きられるように生きてきただけです」

夫と生きてきたと幸子は思っていた。柿の木は変わらず目の先にあった。カラスの動きと一緒に枝の揺れが大きくなったり小さくなったりした。

幸不幸を考えないのは、夫との辛い生活の故だろうかと、なおみは幸子を見ていた。話しあうこともできず、分かりあうことも難しい。働きながら先の望みのない夫の面倒を見て年を重ねるのである。祈りで幸不幸を超越しているのだろう。

沈黙が続いた。「ガガッ」と激しい音がして、「ギャア」という声が続いた。なおみが外を見透かすと、尾長が濡れたように鮮やかな青緑色の尾を陽に翻して追われるように柿の木から離れて行った。

「尾長は栃みたいに葉が茂っている木にいて、柿に来るのはめずらしいのですが」

幸子がとりなすように言った。

なおみは立ち上がった。戸口に立った幸子を振り返って、もう一度頭を下げると足を早めた。訪ねてきたときには心地よかった風が冷たく感じられた。目を欺くほど輝いていたカンナが青ざめて見えた。

バッグを抱えなおし、なおみは坂を降り始めた。陽が陰り始め、数時間前には躍動していたススキの丘がただの白っぽい坂になっていた。雑草に覆われた平地が海に突き出ている先に立ってなおみは海を眺めた。波打ち際に際立った白色を見せて寄せていた波が、雲を映したような灰色の水になってひたすら揺れていた。

変わった人だったという印象がなおみの気持ちを重くしていた。予定を終えたあとの達成感がなかった。

まだ十分に若いのに幸子には悟りすましたような違和感があった。年長であるにしても数年違いの幸子が自分をはぐらかしたとも思えなかった。相手の内面の心の動きが摑めなかったことは、はっきりしていた。文明の衝突ではないが、幸子と自分の間には深い溝があった。

風がまた首すじを撫でた。なおみはカナハウスを振り返った。異なる文明の狭間で子と夫を失い、人生を変えられた女性の物語は少なくともエピソードとして効果はあるはずだった。失われた幼い命を思い、夫の面倒を見ながら生きる妻の物語として、今夜中にまとめることに決めた。この週末は彼に会うようにしたいと考えると気持ちが軽くなった。

なおみは坂を下り始めた。


幸子は寝室を覗いた。夫は寝息をたてていた。しばらく顔を眺めた。このところ頬の肉が落ちているように見えるのが気になっていた。咳き込むこともしばしばだった。それでも怒りも恨みもない表情はやはりキューピッドだった。肩に薄物を掛けると額がかすかに動いた。幸子は膝をつき夫の頬にそっと自分の頬を寄せた。

居間に戻りテーブルをかたづけると幸子はベランダに出た。雲が払われ、夕陽が急速に傾き、波打ち際がオレンジ色に染まり始めた。カラスは姿を消していた。

久しぶりの来客で忘れかけていた昔が現れたことに、幸子は懐かしさと戸惑いを感じていた。変わりつつある中東世界と日本の関係を紹介したいとなおみは言っていた。

モハメドの妻はどうしただろうと幸子は思った。自分の環境の変化にかまけて思い出すこともなかった。海からの眺めが絶景と語っていた妻の故郷のベイルートは、夫妻がアメリカに発つときすでに戦火に覆われていた。毎日のように家族を案じて国際電話をかけていた妻の大きな黒い瞳と肩まで流した黒髪が思い出された。その後、家族と会えただろうか。多くの人がどうしようもない運命に翻弄されるのだ。

冷たい空気の流れが肩を襲った。幸子は思わず両手を交差して肩を押さえた。今年の秋も深まっていた。

（もし将来……）と幸子はカナハウスに来てから初めて将来を思い浮かべた。切れぎれに聞くニュースからでも、プラザ合意後の金融緩和で日本の景気は騒がしくなっていくのが感じられた。これからさらに経済発展があるとすれば、日本と中東との関係も変わるだろう。将来もう一度かの地を訪ねることができれば、今度こそは学生のころに夢見た二〇〇〇年を超す昔の人の跡を辿ってみたい。その旅は大王や女王の栄華のロマンを追う旅ではなく、巡礼の旅になるだろう。文明も文化もなく、鳥の羽根より軽く、ススキの穂より儚《はかな》く、殺しあいの歴史の合い間に消えた人々の跡をひたすらに追うものになるはずだ。そのとき、夫はどこにいるのであろう。隣にいることを天は許すのだろうか。それとも自分は夫を胸に抱いて歩くのだろうか。二人で悠一を追って。

沈む直前の太陽は、深みを増す鈍色《にびいろ》の波の中に一条の輝くオレンジ色の波を岸まで送ってきていた。その波は夕陽の世界へと人をいざなうために繰り出された絨毯のようだった。絨毯は金の波頭を絶え間なく突出させながら永遠の動きを繰り返した。幸子は知らず知らずに夕陽へ、その先の、おそらく悠一のいる世界へと輝く絨毯の上を手繰られていくような気がした。幸子の目にうっすらと涙が滲むとオレンジに輝く一条の光は周りの波へと延びていき、海一面が金色の平原に変わった。平原は空まで広がっていった。

# 行方

「鏡のようね」

晶子がささやくように言い、手袋をした両手の指を握り合わせた。頬が紅くなっている。学生のころから、「私、はしばしに血がめぐらないの」と言いながら晶子が手をもみ合わせていたことを思いながら、私も深い緑に筋一つない水面に目をやった。

この冬は数年来の寒さで、ようやく三月に入ったところに降った昨夜の雪は、隣家との境の敷地を白く変えていた。最近、三メートルほどの高さで切られたばかりの椎《しい》の木の幹にこんもりと綿帽子のように雪が載っていたのが、昼近くなると空の色が変わり、木の肌に黒い模様を残して消えていた。うす曇りの空気の中で、地面にまだらに残る白の間から覗く雑草の新芽がまばゆかった。

「やはり春の雪ね」

晶子が言い、私もうなずいた。

千鳥ヶ淵には刷毛で掃いたように平らに楠《くす》や樅《もみ》が影を映していて、昨夜の名残りの薄氷が白くひび割れを見せて黒い岸に絡んでいた。

水辺の視界を妨げるように盛り上がる寒椿と雑草のしげみから「バサッ」と音がして、手を伸ばせば握れそうな小鳥が小枝を縫って動いた。

「鶯じゃない？」

晶子が目を凝らした。灰色がかった緑は間違いなく鶯だ。黒い点の目が愛らしく、鳴きもせず、幼鳥だろうと私もかがみこんだ。「ガサッ」とまた音がして、刈りこんだ寒椿の上に似たような大きさの二羽が現れ、三羽がもつれ合うようにして水辺に向かい、一羽は垂れ下がった桜の枝蔭に姿をくらまし、二羽は岸に戻ってまた藪に消えた。

「〝ケキョ〟のケとも言わないのね」

嘆息のように言葉が出た。今年は鳥の成育も遅いのかもしれない。

「対岸に、今は見分けがつかないけど、大きな白梅の木があるの。あの梅が満開になると鶯が何羽も来て、教科書通りに〝ホーホケキョ〟と鳴くのよ」

私は千鳥ヶ淵の対岸を示した。一見、平坦な崖に見えるが一箇所、三メートルほどの高さに石垣が突き出ていて、その上に季節になると白い小山が現れる。遠くまで漂う香りに誘われて訪れるたびに鶯はのどの調子を上げている。ケからケキョとなり、季節の終わりには見事なメロディを聴かせてくれるのである。

「今日は姿を見ただけで十分。次は練習の成果を聴かせていただくわ。あちらの崖に上がってね。足元は大丈夫でしょうね」

晶子は書きとめていた小さな手帳を閉じて肩から提げた黒いバッグにしまった。六〇歳を過ぎて始めた俳句だが、打ちこんで一〇年、主宰に認められて、暇さえあれば句を拾いに出歩いている。汚れの目立たない濃い色の地味なパンツに同色の低い靴、歳時記の入った重いバッグ、それに染めていない白髪という晶子の姿は見慣れたものだった。

散策を始めてから小一時間、予定はどうなのだろうと私は晶子を見上げた。

「ご主人は大丈夫?」

大学教授を退職して病気がちな晶子の夫は書斎に籠もっている。子育て後、二人に戻って、お互い同じように気楽な生活とはいっても、自分のことは自分でする夫と、体の半分が妻に張りついているような晶子の夫とでは、友人としての心遣いも異なってくるのである。

「ありがとう。食事は用意してあるから大丈夫よ。あとしばらくして九段下から失礼するわ」

晶子の柔らかな声が響く。晶子の声を聞くと私はいつも心が和む。

「では墓苑に寄りましょうか。梅は三分だけど、寒椿ならたくさんあるわ。今年は綺麗ではないけど、まんさくもあるでしょう」

誘うと晶子もうなずいた。

戦没者墓苑の裏の入り口には見事な南天が茂っていて、真紅の玉が、澄んだ晴天にも、靄《もや》がかった曇り空にも映えていたのがここ数日で消えていた。十分に熟したところを小鳥がついばんだに違いなく、晶子はひと足遅かったのを残念に思った。

ずっと市谷に住み、まだ短大の英文学講師を続けている私に俳諧《はいかい》の趣味はないが、散策は好きなので、半世紀前に女子大を出た友人どうし、晶子が阿佐谷から出てくるというときには相手をする。

深大寺、井の頭公園、新宿御苑、後楽園、足を延ばして百花園などが、晶子の俳句仲間との散策場所だが、今日はひとりで北の丸に出てきていた。その足で千鳥ヶ淵に来るというので、私は待ち合わせたのだった。

俳人の行く先として適当かどうかはともかく、戦没者墓苑は人影がほとんどなく、私の好きな場所である。見事な欅《けやき》が伸びていて、あたりでいちばん早咲きの桜があり、楠、栃、楢をはじめ、大木が故国に戻り永遠の眠りについた人々を取り巻くように茂っている。千鳥ヶ淵をめぐる裏道には、雑木雑草が繁茂していて、昆虫も多く、私には分からないが晶子の目に留まる題材もあるかと思われた。

千鳥ヶ淵に沿った道路を隔てて、墓苑の入り口は表と裏と二箇所ある。内堀通りから九段通りまで、両側を豊かな緑にはさまれた一方通行の道路はゆるいカーブを描いて伸び、冬は木々の梢を光らせ、夏は緑蔭をつくる。桜の季節以外は森閑として、タクシーが淵寄りに長い列をつくり、運転手が車中で弁当を開いたり、仮眠をとったりして休息していたのが、最近は禁止されたのかいなくなっていた。

空は明るいままに雲が垂れこめていた。先週までの透き通るような空気はなく、冷たさも刺すというより纏《まと》いつくように思われた。

墓苑の表門には今日も人影がなかった。

冬季は一六時までと記した看板が、両側に開いた低い金属の門にかかっている。御影石を敷いたゆるい坂が左曲がりに上っている。右手の木々の間に宮内庁長官の公邸の屋根が見え隠れし、その先に休憩所を兼ねた和風の小さい事務所がある。道は左に向かう。五〇メートルほどの長さにコンクリート造りの前屋がある。高さ五メートルあまり、簡単な屋根と壁だけの、現代の長屋門を思わせる形で、広い開口部から正面に木立ちに囲まれた芝生の広い空間が開ける。

門の中央に立つと、正面に幅一〇メートルほどの石畳の道が伸び、一〇〇メートルほど先に六角形の屋根が見える。太い柱で支えられただけの屋根の下には、古代豪族の寝棺を模した形の薄茶色の棺が、白い石の台の上に安置されている。中には金銅製茶壺型の納骨壺に、軍人、軍属、一般人を含め三五〇万人を超える大戦の犠牲者の一部のお骨が納めてある。墓苑は一九五九年に創設されたが、まだ遺骨の収集が続いていて今年も幾柱か納められた。

棺の前には表面を網目状にした横に長い献花台がある。並べられた花の白と黄の鮮やかな点が目を捉え、台の両側には奉納者のために水桶に入れた菊の花の黄と白が塊になって見える。

しばらく二人は立っていた。カラスの荒い動きしかない中に控えめな香りが漂う。

「梅ね」

晶子が言い、私もまたうなずいた。

「ここでお待ちするわ。好きなだけ句を拾っていらして、私は本を持ってますから」

晶子が笑って左のほうに歩き出すのを見届けると、私は引き返して門の手前の銅製の説明板の前に立った。太平洋戦争で犠牲になった日本人の数が、地図上の亡くなった場所に書き入れてある。何度見ても私はここにまた立ち寄るのである。国内に高速道路一つない時代、当時の経済力でどうしてこれほどの数の人間を送れたのだろう。何度考えても感覚がついてこない。北はモンゴルから南はニューギニアまで。地図に載せられた犠牲者の数が多いところは、中国の四六万、フィリピンの五一万、旧満州の二四万、ニューギニア・ソロモン諸島の二四万、インド・ミャンマーの一六万だ。だが日本人は、おそらく同数かそれ以上の人を現地で殺したに違いない。

いつものようにしばらく銅板の前に立ち尽くして、私はまた門内に戻った。晶子の姿はまだ見えない。勧めたように墓苑をめぐる裏道に回ったのだろう。

門の内側の壁には端まで長い木のベンチが取りつけられ、壁の高い場所にはこれまでの主な参拝者の写真が並べて掛けられている。長年写真は掛け替えられていない。

ベンチに腰掛けて私は改めて苑内を見渡した。

一九五九年に建設された墓苑は、簡素で開放的で明るい。遠目にもほのかな茶色に美しい棺は、高さ二メートル弱、幅三メートルほどで、戦域各地で収集した小石を高熱で焼いてつくられた。屋根の六角は六大陸を表すと聞いていた。

　中央の道路を隔てて左右の芝生の中央に高い欅が聳《そび》えている。一葉もない繊細な枝先は風で剪定されたかのように整っている。

　欅の左手、手前には昭和天皇の御製を秩父宮妃が謹書された石碑が建っていて、さらに奥には木のベンチがあり、たまに本を読む人を見かける。

　石碑が左右対称でないのが面白いと思っていたのが、後に右手にも今上天皇の御製の石碑が常陸宮妃の謹書で建てられた。

　いつも静かな墓苑も年に幾度か無宗教の大規模な葬儀が行われている。たまたま通りかかって「どうぞ」と誘われた。裏の入り口にある大きな駐車場がそのときばかりはバスで埋まる。

　右手奥には三分咲きの紅梅が形のよい姿で立ち、遅れて咲く白梅はまだ色の兆しも見せない。中央を盛り上げた花壇のパンジーが、白、赤、紫と色を競い、苑内に楽しさを見せている。いつも花を植え替えている人を最近見かけないのは、転勤したからだろうか。

　奥に牡丹園が広がり、さらに裏口に向かう奥の通路には百合の群生、その後ろには楠の大木ばかりが空を遮っていたのだが、近年、梢の上にビルや賃貸マンションの上階が覗くようになった。

　季節の花はまだ少ないと周囲を見回していたら、門に沿って紅いものが見えた。造花のように硬いがバラの花弁だった。狂い咲き、返り咲き、それとも凍り咲きなどもあったかしら、晶子なら何と言うだろうかと考えていると、棺の左後ろに晶子の姿が見えた。千鳥ヶ淵の桜より半月は早く薄桃色の霞《かすみ》を広げる桜の下で晶子は上を見上げていた。ペンを手帳に走らせると晶子は正面に回り、棺に深く礼をして、中央の道を通ってまっすぐに歩いてきた。

「お待たせ。とてもいい場所ね。おっしゃったように花はまだないけど、藤がとてもよい形なの。つぼみだけど水仙はかなりあって、どんぐりや松かさは掃くほどあるわ。南天は残念だったけど、大かねもちの実がたくさん落ちていて綺麗だし。何かかにか、いい散策だったわ」

晶子は手帳を振って見せた。

「帰って、推敲します」

目の縁と頬を紅くして晶子は言い、隣に腰を掛けた。ボールペンと手帳を丁寧に歳時記に添わせるように入れ、財布の中の帰りの切符を確かめ、両手を膝に添えた。

「こうして座っていると、死者といると落ち着くということが分かるわ。直接の親族ではなくて、でも同じ民族だとか、何か縁のある人の霊といることはいいのね」

しばらく正面を見ていて晶子は呟いた。晶子は句を思い浮かべているのか、あるいは行方知れずの知人を思っているのかもしれないと思いながら私も棺に目をやっていた。学徒出陣前の母方の叔父の若々しい顔、家族を残して出征した父方の叔父の優しい顔、いずれも靖国神社に祀られたが、私の気持ちでは二人は目の前の棺に重なった。思い残すことを抑えきれないほど抱えて逝ったに違いない多くの霊。

「やっぱり春ね」

目を上げて晶子は言った。桜の木の上に薄白い雲の底に落ちこんだような太陽があった。ウエハースのような円形が湿気に滲んで辺りに白い光を広げていた。グレイの帯のような雲が僅かずつ幅を広げて太陽に近づいていく。茫洋とした空気が満ち始めていた。先週までの明瞭な空気がにわかになつかしく思われた。あの感覚を感じるにはまた九か月生きなければならない。明日までの生徒の成績表の記入があった。晶子も帰る時間があるだろうと私は時計を見た。

「もうそろそろね」

言いながら晶子は腰を上げない。

「あの、一つ聞いてくださらない？　最近、とても不思議なことがあったの」

穏やかだが思い詰めたような口調だった。私は晶子を見た。

「羽根田百合子さん、覚えていらっしゃる？」

久しく聞かない名前だった。

「後藤さんのこと？」

たしか結婚して後藤姓になっていた。

「そう。その百合子さん、去年、亡くなったの。それで私、一周忌にお墓を訪ねたのだけど、そのお墓参りの話」

（亡くなったのか）私は百合子の顔を記憶に辿った。かなり上背のある、色白の気品を感じさせる顔立ち、肩まで流した豊かな黒髪。

百合子と私は親しかったわけではなかったが、父親どうしが先輩後輩の関係だったので家族の様子くらいは噂に聞いたことがあった。しかし、親たちが亡くなった後は百合子のことを思い出すことはなかった。

「百合子さんとはほとんどおつきあいがなくて、私、亡くなったことも知らなかったわ。貴女はよくご存知だったのね」

私は言った。

晶子は百合子と高校が同じだったこともあり、ずっと親しくしていた。中年になってからも高校の同窓生数人と一緒に旅行する間柄で、伊豆の旅館で日本酒にむせて大騒ぎだったことなど、百合子を話題に語ってくれたこともあった。

「百合子さんは何でも出来た方で家庭は文句なし、ご主人との仲はもちろん、お舅さんたちともうまくつきあって、男の子と女の子、子供二人も立派に育ったの。お子さんも独立したし、双方の御両親も亡くなって、今は自由にお稽古事や、好きに出歩き、楽しそうに暮らしていらっしゃると見えていたのね」

晶子は語り続ける。

学生時代を過ぎてから百合子に会ったのはいつだったかと私は考えてみたが、思い出せなかった。細面の聡明な印象が浮かぶだけで妻となった姿は想像できない。

「それがね」

晶子は言葉を探すように言った。

「この一〇年くらいのことかしら」

百合子には藝大を出て彫刻家になった高校時代の友人がいた。独身の友人はニューヨークやベルリンでの個展が成功し、世界的に広く活躍していた。芸術好きな百合子はその友人の個展を助ける仲だった。

「その彫刻家と百合子さん、二人はそれぞれのお墓を二人の好きな場所に並べてつくる計画に熱中し始めたの」

晶子は夢見るような顔をした。

友人もみな、七〇歳を過ぎて、自分の墓の心配をしても何の不思議もないが、百合子が婚家の墓を離れて一人の墓に入ることができるのだろうかと、私はふと不安を感じた。

「もちろん、設計は自分たち。墓石はイタリアのクレモナ近くから取り寄せた大理石で薄いピンクに白いマーブルが出ているとか。中央にそれぞれの名前を図案化して入れ、周りには名前にちなんだ装飾を彫刻したらしいの。百合子さんは百合の花ね。友人は何だったかしら。何か植物の名前だったわ。〝まき〟とか何とか？　二人の墓石は大きさと形を揃え、一対の作品にすることにしたの。もちろん、どちらも墓に刻んだのは自分の名前だけよ。何しろ本職とセンスのある人の合作だからとてもいいものが出来たそうよ」

晶子は自分の墓のことのようにうっとりと語る。

「それから鎌倉の高台にある建祥寺の境内に墓地を一区画買ったの。二人で使うようにしてね」

墓地を表すかのように広げた両手の指を晶子は動かした。

「建祥寺の境内なら高かったでしょう。ご主人が出してくださったの？」

気になることを私は聞いた。

「とんでもない。家を継ぐべき人の嫁がよそに墓をつくっていいはずはないでしょう！　自分のお金よ」

晶子は激しく首を振った。

「そんなお金、百合子さん、持っていたの？」

私の疑問を晶子は無視して言った。

「さあ、どうにかしたんじゃない？」

太平洋戦争の敗戦後、占領軍の命による公職追放で百合子の父は職を追われた。世の中の落ち着きを待って職に復帰した人もあったが、百合子の父は戻らなかった。全く価値観の変わった社会に、百合子の家庭は麴町にあった家屋敷をただ同然で手放し、家財道具に加え、女たちの着物や装飾品を食料に換えて暮らしていた。生活のすべてが変わった中で、変わらないのは家族の誇りと戸主然とした父の態度だけだった。

まだ若かった私の父は追放を免れ、その後の日本経済発展の中で働くことになるが、同窓会や昔の人々の逝去などの折には苦境にある誰それの話が出る。百合子の家庭が親類の離れを借りてひっそり暮らしているとか、息子たちが奨学金で国立に入ったとか伝わってくることもあった。

「羽根田さんの奥様が亡くなられたそうで、富山さんの奥様とお悔やみに行ってまいります」

「頼むよ。羽根田さん、どうしておられるかな。たしかうちと同じ年頃のお嬢さんがいらしたね」

後に大学で同級生の百合子の父が羽根田氏だと分かったときに、私の切れぎれの記憶の中に父母の会話が浮かんでいた。

戦後の激しいインフレは定収のない家庭を直撃した。百合子が結婚するとき、支度金はほとんどなかった。

人並み以上の容姿と成績、優秀な二人の兄というのが、百合子のすべてだった。戦後も十五年たって、旧内務官僚の父と旧華族出身の母という、経済力の裏付けのない「旧」は同情を含んだ敬意か、優越感を伴った反感か、いずれにしても素直でない反応を引き起こすのだった。

百合子の結婚相手は同族会社を経営している家の長男で三代目、穏健な紳士だった。見合い写真で一目で百合子を気に入り、話が進んだ。

結婚の相談をすべき母を百合子はすでに亡くしていた。

「お綺麗な優しい奥様でしたよ」

百合子の母のことを、私の母が何かのときに言った。

「いつもきちんとしていらして、決して威張るとかではなくて、何か気位が高いとか、そんな感じでしたね。百合子さんはどうなの?」

私に返事はできず、話はそれだけだったことを私は思った。

母親の気位を受け継いでいるとすれば、百合子が豊かな家に迎えられて、周囲から幸運だと見られることについて不本意だっただろうことは想像できた。名も資産もないが率直で力のある男性と恋愛で結ばれ、自由な家庭をつくるのが百合子の望みだったのではないだろうか。

母のない家で兄に嫁を迎え、父の負担を減らすために百合子は早く家を出なければならなかった。

「なにも用意なさらなくて結構です。身一つで来てくだされば」

先方の意を受けた仲人の申し入れにも百合子は屈辱を感じた。

友人たちの華やかな結婚式に、百合子は従姉妹の手元に残っていた振袖を借りて出た。その振袖を婚約の親族顔合わせに着たとき、たとえ上質の品でも柄の古さに百合子は落ち着かなかった。

「お見事なご衣装で。お似合いになります」

先方の親類の女性が掛けてくれた親切な言葉も、嬉しげに笑う婚約者の顔も百合子は素直に受けられなかった。

　何もない家庭でもそれぞれの家風は、箸の使い方から調味料の振り方まで違う。もともと紀州の山林地主で事業に成功した後藤一家は、強固な自身の風習と伝統を持っていた。

覚悟はしていても、江戸の伝統で過ごした百合子の知る習い事や礼儀作法は相手の家では通じない。ふすまや家具の意匠、季節の軸の選び方にも百合子は違和感を覚え、美しさの感覚を共有できなかった。生活のすべてを相手に頼るという現実の中に、自分の文化の主張は控えがちになる。相手の経済力で生活する引け目と、実家から受け継いだ教養と趣味に対する自負が百合子の中でせめぎ合い、気持ちが和らぐことはなかった。

〝なんとなくすました人、率直でない人〟という百合子像が親類の中につくり上げられていった。

　後藤家の女たちが意地悪をしたわけではない。みな百合子を受け入れようと親切だった。それでも僅かの感覚、趣味の違いは、譲ったと考える者を傷つけていく。その傷は感覚的なものだけに癒されることがない。百合子の美についての感覚は、妥協の余地のない強さで体内に根づいていた。遠慮から相手に同調しても、こわばる頬に相手は素直でないものを感じ取る。正直さを欠く礼儀は、たとえ善意からでも相手に喜びを与えることはなかった。溶け入ることはなかった。

　子供を育て、必要なときには夫と同席し、親類づきあいを欠かさず、後ろ盾のない中で百合子は婚家の親族のあいだに跡取りの嫁としての地位を築いていった。百合子の姿、立ち居振る舞いは流れるように優雅で、どこに出ても遜色のないものだったが、百合子を飾る衣装はすべて婚家に頼るほかはなかった。

必要なたびに新調される着物は姑に相談する。別の色柄にしたいと思いながら本心は言いにくい。美感の違いを相手に合わせていく生活は微妙な心の鬱積を生んでいった。

「〝私の紋のついた着物なんてないのよ。母のも残っていないし〟──百合子さんってそんなことを言うのよ。いいじゃあないの。いまどき着物なんて。彼女、スタイルがいいのだからドレスで通せば。あんな立派な奥さん持って、ご主人ドレスくらい払って当然よ」

晶子が言ったのを私は覚えているが、互いに結婚して数年くらいのころだったろうか。力説するような晶子の大きく見開いた目を見ながら私は別の感覚を覚えていた。百合子の言葉は夫への不満ではなく、自分の性格を嘆いたものではなかったか。好みを相手に合わせることができない、自らを恃《たの》む気質をもてあましていたのではなかっただろうか。

「ホールの真ん中に螺旋階段をつけた後藤さんの別荘が嫌いで、百合子さん、東京を離れないの」

八ヶ岳の別荘に家族の中で百合子ひとりが行かないのだと、晶子が言ったことがあった。後藤一家は広い庭のある上野毛の家に住んでいた。

「別荘ぐらい、趣味に合わなくてもいいじゃない？　ただの宿泊施設だと割り切って外で楽しめば」

晶子の呆れたような口調があった。

私の知るかぎり、百合子の実家は別荘を持っていなかったが、一家は軽井沢にある祖父の別荘によく行っていた。湿気の多いところだが、床を高めにした木造和風の平屋に百合子は馴染んでいたのだろう。

「百合子さん、頑固なところがあるのね。少しこだわりすぎではないかしら。お姑さんから譲られた珊瑚の帯止めを決してしないのですって。手放したお母様の珊瑚のほうが美しかったとかで。昔なんて忘れて今あるものを楽しんだらいいじゃないの。欲しいものも手に入らなくて悩む人もいるのに」

最後に百合子の噂をしたときの晶子の言葉だった。


「ともかく、お墓は出来たの」

区切りでもつけるように晶子は音節をはっきりと発音した。

松の木立の間から相模湾の海を見はるかす丘に、隣り合わせの半区画ずつの墓地に二つ、同じ材質を楕円に磨いた形にそれぞれが彫った意匠を浮かせて、天女のように二つの墓碑は建った。大きくもなく、小さくもなく、墓は丘の自然に溶けこんでいた。

外溝にもこだわった。赤みを帯びた花崗岩で縁取りをした中を白那智の砂利石で埋め、赤錆の出た平らで丸い鞍馬石を数個ずつ、千鳥でも飛ぶように置いた。石と石の間の空間を確定するのに数年をかけたという。

「彼女ほんとうに嬉しそうだったの」

思い出すように晶子は言った。

「私、百合子さんは全くの古典派だと思っていたのが、お墓の件で感心したの。彼女、前衛的なところがあるのよ。海外で活躍している人と感覚が一致したのもそのためね」

百合子のあらたな面を見たと晶子の口調は熱かった。

「共同制作の芸術品にするつもりだったのね」

遊びにしては、彫刻は凝っていた。墓を展覧会に出すわけではない。独身の友人のほうはともかく、百合子は何故墓をつくったのだろうと私は思った。

「自分個人のお墓を持つのは楽しいでしょうね」

大学の同窓と騒いでいたとき晶子が言ったことがあった。伝統的な家の墓に縛られずに海に骨を撒いたり、木の下に埋める樹木葬などの葬り方が話題になったころだった。

「でも考えたら墓地を買ったり、墓石を決めたり、あちこちに挨拶したり、いざというと面倒ね。お金は別のものに使って、私は今あるお墓ですますわ」

首をすくめた晶子の笑いが思い出される。

寒さが和らいで空気が湿ってきたような感じがあった。話に夢中なのか気温が緩んだのか、晶子は指も足先も伸ばしていた。欅の端に差しかかった太陽が、厚みを増した白灰色の霧のような雲の底に沈んで、円形に残る光の上を濃い灰色の帯のような雲が流れていた。

衣装にはじまり、部屋のしつらえ、置物の選択、日ごとの食器、つきあいの進物にいたるまで相手に合わせながら、自分の好みをある場合は殺し、あるときは隠してきた百合子の心情のような雲だった。それでも太陽が消えることはない。

楽しいくらいで墓をつくるものだろうかと私は考えていた。

晶子が私を見た目に同じ色があった。

「私、どうして百合子さんがお墓をつくり始めたのか不思議だったのだけど」

晶子は言った。

「勝手な想像だけど、何か自分に出来ることを見せたかったのではないかしら。若いころ、百合子さん、働きたいと言っていたわ」

確信を得たように晶子の言葉が強くなった。

「なんでも、『リーダーズ・ダイジェスト』か何か、外国系の雑誌だったけど、大学の同窓会を通じて編集の手伝いの仕事が来たのよ。百合子さん、それは熱心だったけど結局、ご家族の反対で駄目だったの。もしかしたらそれが心の屈折になっていたのかもしれない」

自分のために働く友人も現れる時代だった。弁護士や外交官になるために他の大学の学部に移っていく人がいた。

「どなたの反対だったの？　お舅さん？　ご主人？」

私の問いに晶子は首を振った。

「それは知らないわ。でも結局はご主人じゃない？　お舅さんが反対でも、今の時代、ご主人が賛成なら出られたはずよ。ご主人、それは百合子さんを大事にしていらしたから、外に出したくなかったんじゃないかしら」

太陽がいちだんと深く雲間に沈んだように私には思えた。

夫は百合子を大事にした。着物やドレスに出費を惜しむことはない。それでも出費のたびに百合子の苦痛の襞《ひだ》が深まることに気づかない。

「百合子さん、優秀だったから働けば認められたと思うの。外国人と会っても気後れしなかったから、結構偉くなったのではない？」

はじめて講師の肩書きを入れた名刺を作ったときの胸の高まりを私は思い出していた。何が偉いわけではない。自分が自分を認めた気がしたのだった。百合子もその感覚を求めていたのではなかったか。

もし百合子が働いていたらと私は考えた。はまりこんでいる狭い社会とは全く違う世界があることを知れば、全く異質の感覚や美の基準を見れば、百合子の気持ちはプライドから解放されて自由になっていたかもしれない。いわゆる身のほどを知ったかもしれない。そうして外から自分を眺めて笑ったかもしれない。

家庭を離れることができない中で、百合子は自分にどれほどのことができるのか、試してみて自分を落ち着かせたかったのではないのか。摑みようのないプライドに終止符を打つために。苦しみながら抱えてきた自負が、表現しなかった美がどれほどのものか見てみたい。大したものではなかったなら、それはそれで諦めもつく。

その試みが墓だったのではないか。

結婚生活五〇年、子育て、両親の面倒、夫の生活の支えとして働いた。遠慮を重ねながら墓の費用ほどの働きはしてきたと思ったのかもしれない。老年になった今、親から受け継いだ美の感覚に正直に、一度は自分の能力を形にしたい。

そこに夫の影はなかった。

「そのお墓のこと、ご主人はご存知だったの?」

私は聞いた。

「無論、内緒よ」

晶子は当然というように言った。それからしばらく正面の棺を見ていた。

「家族はだれも知らない。彫刻家と彼女と二人だけの秘密……。それでうまくいくはずだったの。年上のご主人が先に亡くなれば遺産でお墓の費用は出るでしょうし、息子さんが家を継ぐことだし、百合子さんは自由の身になって、ついには自分の墓に入ると信じていたのね」

晶子は深呼吸をした。

「それが一年前、百合子さん、突然亡くなったの。死因は詳しくは知らない。たぶん心臓発作とか……」

晶子の声が低くなった。

「それでお墓はどうなったの？　百合子さん、無事に葬られたの？」

私は晶子を見た。

晶子は激しく首を振った。

「どういう筋からか、お墓があることがご主人に知られてしまって」

晶子は首を振り続けた。

「もう激怒。ご主人はすぐさま墓を破壊してしまったの。完全にね」

私は晶子の剣幕に身を引いた。多少とも百合子の夫の理解を期待していたのが愚かに感じられた。張り詰めた空気の中に風が抜けていった。

「全く跡形もないのよ」

晶子のこわばった顔が緩んで、泣くような表情になった。

「全くもとの平らなただの土。……百合子さんの分だけね」

二人はしばらく黙っていた。

「なぜ、百合子さんがひとりで墓を作ったのか、ご主人はそれを考えてはみなかったのかしら」

私は呟いた。

「そんな感じではなかったの。もう一方的に言語道断だって」

晶子の口調は夫の断定に反感を見せているようだった。

「ご主人、とても優しそうに見えたのよ。いつ会っても丁寧で百合子さんを大事にして。報復みたいな壊し方をする人には見えなかった」

嘆息のように晶子は言った。

また沈黙があった。

「百合子さん、娘さんがいたのでしょう？　その娘さんの反応はどうだったの？　母親の気持ちを汲んで父親を説得して、例えば分骨を提案するとか。百合子さん、娘さんとは仲がよかったのでしょう？」

私の問いに晶子はまた首を振った。

「父親に同調よ。父親を傷つけるような真似をして母親はひどいと、これも一方的だったの。性格が父親に似たのかしら」

豊かに自由に育った娘に母の気持ちは通じなかったのかもしれなかった。百合子とは性格が違い、自由闊達な性格ならば、母のプライドを嫌っていたのかもしれなかった。母方の祖母に会うことのなかった娘は、百合子の美意識の奥を理解することがなかったのかもしれなかった。

逆に母のプライドを受け継いでいたとすると、自分の実家である父方の伝統に忠実になるのかもしれなかった。そうであれば、百合子は自分の文化を守るうえで夫に敗北したことになる。それも経済力の故、経済力がないために遠慮した弱さのため、あるいは婚家を立てるようにという実家の美徳の故と百合子は嘆いたのだろうか。

七里ヶ浜を見はるかす場所に墓をつくったのは、鎌倉武士の血を引く百合子が自分の感覚の拠りどころを先祖に求めた気持ちの表れだったのだろうか。墓から海に向けられた百合子のまなざしが見えるような気がする。

「彫刻家のお墓はどうなったの？」

納骨棺の方角を見つめていた晶子に私は聞いた。

「その後、そのままよ。二つを一体として設計したのに、半分が破壊されて無残な形になってしまって。墓石どころか、ご主人は外溝も壊して完全にもとの平らな土にしてしまったの。完壁に整備されていたのだから、外ぐらい残してもと思うのに……。あれでは彫刻家の友人も自分の作品とは思えないのではないかしら。設計上というばかりでなく、百合子さんと一緒につくった思い出があるお墓は、半分あるからといって意味があるものかしら？　二人で入ることのできなかった墓は、意味がないのかも……」

晶子は考えていたことをすべて吐き出すかのようだった。

「それに、本人に聞いてみないと分からないけど、百合子さんの悔しさ、ご主人の怒りを呑んだ場所の一部分にはいたたまれないでしょうね」

自分の墓を語るかのように晶子の声は湿っていた。

(霊がさまよっているとか?)

私は言葉を口にしなかった。

「彫刻家はその後海外で、日本にいないらしいの」

晶子は見えない人に言うように空に言った。

「死んだらあとのことは分からない。理屈では百合子さんは自分がお墓に入り損ねたことは知らないわけでしょう?　よそ目には百合子さんは恵まれた一生を送ったのだからよかったと思っていいのだけど」

晶子は空を見たままだった。

「でも魂が残っていたら、そうして墓がなくなったと知ったら、悲しむでしょうね」

まだ呟きが聞こえた。

親しい友人を考えるだけでもいろいろな人生があったと私は思い返していた。

私や晶子のように、まずは平穏な人生ばかりではなかった。

敗戦の責任を取って切腹をした軍人の父を持った者がいた。父が腹に白い布を巻かれて廊下に横たわっていたのを覚えていると言った。ウィーンの日本大使館で連合軍の捕虜になった外交官の娘もいた。拘束され船でアメリカに送られた。飢えていたと言った。夫とはこの上ない夫婦だったのに、外交官になった娘を含め、二人の子を自殺で亡くした友人、ノーベル賞を逃して以来、妻を非難して荒れた夫と離婚し、外国人と結婚して日本に帰らなくなった友人もいた。そのいずれも、他人から見れば平穏とはいえない環境の中で、みなそれぞれに泣き笑いしながら生きていた。

百合子の人生は常識的に見れば平穏に近かったといえようが、外見が平穏なことが内心の平穏を意味するものでもなかった。外見が静でも、百合子の内面は嵐の中にあったのかもしれなかった。

空気が重くなってきた。「夜には雨」という予報が思われた。太陽は明るい円形を失い、雲にまぎれていた。風がすっと吹き抜けていった。


「そこで一周忌のお話」

私のほうに体を傾けて晶子は言った。

「お寺は下落合のはずれだったの。不案内なところだったから駅からタクシーに乗ったの。落ち着いた住宅街を越してかなり走って、タクシーが止まったから降りようと、財布を開いたら、なんと中に一万円札しかないの。出がけに慌てていて不用意だったのね。運転手さんも、お釣りがないと言うの。見回したけどコンビニもお店もないのよ。運転手さんにちょっと待ってほしい、すぐお寺で借りてくるからと言ったら、運転手さんが、〝いいですよ、料金は結構です〟って。そんな、一三〇〇円だけど、タクシーが料金を受け取らないなんてびっくりして、とんでもない、ちょっと待ってほしい、お寺に行けばすむこと、待ち時間の料金も払うから待っててくださいって言ったら、運転手さん、顔をねじるように後ろに向けて、〝いいえ、いいえ、結構です〟って、手を動かして、なんだか私を車から押し出すようにして。とりあえず降りたら、なんとタクシー、そのまま行ってしまったの。こんなことってめずらしいでしょう？」

晶子は肩を上げて息を継いだ。

「私、タクシーの後を呆然と見ていたのだけど、そのときふと百合子さんが私をお寺まで連れてきてくれたのではないかと思ったの」

晶子は両手をあげて両肩を覆うようにして胸まで下げた。百合子の霊を背負っているかのようにうっとりとしていた。

晶子の背に私も何か淡いものがかぶさっているように感じていた。空気が動いて風が通った感覚があったのに、晶子の背の淡いものは動かなかった。

私の背にも何かがいるような感覚があった。外に現れないそれぞれの思いが、須恵器の棺からひそかに舞いだして漂っているような動きだった。

# 夢の先の色

雨戸をたたく雨足がしげくなった。久枝はあと一か月で二歳になるゆりの重い体を床に下ろした。書類や牛乳パックを詰め込んだ布製のバッグを肩から外し、濡れた髪をぬぐった。床に足をつけたゆりは両手を久枝に向けて上げ、火がついたように泣き出した。最近の落ち着かない環境への不安が噴き出したかのような泣きように、久枝は思わずゆりを抱きしめた。隣の部屋に連れていき、畳にそっと座らせると、帰りしなに角を曲がったところで店じまいを始めていた屋台で買った焼き芋を、半分に割ってゆりの両手につかませた。目に涙をためたまま焼き芋を頰ばるゆりを目の端に入れながら、久枝は部屋の一角につけ足したようにあるバスルーム脇の洗面台で、手と一緒にゆりの上着と靴下を洗ってから、ミルクを温めた。

それから濡れたスーツをハンガーにかけ、乾いたスカートに着替え、ゆりを膝にのせてミルクを飲ませた。ゆりの頰はゆるみ、そのまま久枝の胸に突っ伏すと、いつの間にか寝息を立てていた。ゆりを布団に寝かせると両手があっけないほど自由になった。コーヒーの粉に湯を注ぎ、ミルクの残りを入れるとゆりのそばの小さなテーブルに座り込んだ。午後から何も食べていなかったが、空腹は感じなかった。九時を過ぎていた。

どっと疲れが出て、久枝はテーブルに両肘を載せて頭を伏せた。

（また駄目だった）無力感が頭をめぐっていた。今日の面接には最後の望みがかかっていた。

――ゆりを渡して、一人で自由にやればいいじゃないか。

夫の声が空虚の渦に巻かれて低く響いていた。


本田久枝が夫の磯村尚に出会ったのは一九七〇年、京都大学四回生の暮れだった。横浜の実家に帰るために三条に近い路地裏の下宿を出て、京都駅烏丸口の混雑に入った。そばをすり抜けるキャリーバッグが久枝の足にかかりよろめいたとき、背の高い学生に後ろから支えられた。久枝は礼を言い、新幹線のホームに急いだ。すると、自由席の車両に並ぶ人の列から先ほどの学生が背を伸ばして久枝を見ていた。久枝と目が合うと頬をゆるめてわずかに頭を下げた。無視して通り過ぎるのも変に思われて、久枝が列に近づくと、尚は体を横にずらして久枝と並んだ。

列車は空《す》いていた。

「隣、いいですか？」

窓際に座った久枝に声をかけると、尚はがっしりした肩からすばやく大きなビニールのバッグを下ろして足元に置き、脚を開いて腰を落ち着けると口を開いた。

「失礼ですが、京大？」

黙ってうなずく久枝に、尚はほっとしたように口元を上げ、自分は法学部の四回生だと言った。

「僕は大磯の実家に帰るところです」

それから尚は腰をかがめ、バッグのチャックを一部開けて大きな水筒を取り出すと、いきなり勢いよく飲み始めた。

久枝は尚の上下する喉から目をそらし、窓の外に過ぎる景色を追っていた。来春には関東で就職し、しばらく京都のおばんざいとも縁が切れる。だが、その感慨よりも、住まいをどこにするかという現実があった。勤め先では当然のように、自宅から通勤するものと決めつけていた。親と離れること、それが大学を東京ではなく京都にした理由だった。何事も長男第一、頼りになるのは男の子、女の子は可愛いから一人はほしいけれど、それは姉であって、久枝は余計な存在なのだった。久枝は、一日も早く一人で暮らせるだけの自分のお金を得たいと思い続けながら育ってきた。

「何回生？」

隣で遠慮のない声がした。

「四回生です」

「学部聞いてもいいですか？」

「経済です」

「経済ですか。どうりで見かけたことがなかった」

ゼミ以外はラグビーに明け暮れたと、尚はいくつかの名勝負を紹介した。

「就職はどこですか？」

久枝に顔を向けた。

「四葉産業です」

声に見向きもせずに久枝は答えた。

「家電ですね。全国に拠点があるから、どこに行かされるか分かりませんね。もっとも女性は動かないですむかも」

意気込んだ声が続いた。

「僕は浜重工です」

口を開かないですむよう、久枝は外を見やった。

隣では尚が、できれば海外に出て行きたい、軽・短・小がもてはやされる時代だが、しょせん人の生活を支えるのは社会インフラだ、力強く日本の産業を拡大したい……と続けていた。

（よくしゃべる人）

尚の強い視線を感じながら久枝は思っていた。

（声がいいのが取り得ね）

その声はいつまでも続いた。横浜駅のホームに降りたとき、久枝は解放感を覚えていた。

次の春、卒業式を終えて久枝が大学の正門を出ると、尚が待ち合わせたかのように立っていた。東山も濃い雲に圧されたような冷たい日で、梅の香がにおい立っていた。

久枝は横浜事業所に配属になった。関東地区の商品すべての移動を管理する事務で、月末には業務が集中した。工場や倉庫に調査に出ることもあった。先輩について一年の見習い期間を終えるころには、久枝は数字の扱いに習熟していた。

久枝の父は帝大を優秀な成績で出たが、親の希望で神奈川県庁に勤め、定年になるとすぐに退職し、庭いじりで日を過ごしていた。母は静岡の短大を出て、親類の紹介で父に嫁ぎ、何事も父に従っていた。実家は横浜から大船に向かう途中に拓かれた古い住宅地の一角にあり、一〇〇坪ほどの敷地に建てられた木造の築五〇年の家から久枝は事務所に通った。長兄は家族と市内のマンションに住み、姉は結婚して東京、家には独身の兄がいた。

神戸の工場に勤務した尚は、入社して三年目、特別の決心をして久枝を横浜の港が見えるレストランに誘った。それまでも尚は何かと横浜にやって来ては、同じレストランに久枝を呼び出した。「たまには別の場所にしよう」と久枝が言っても、尚は同じ方が楽だとして、変えることはなかった。

尚は大学を卒業したあとも、ずっと久枝が気になっていた。女性としては標準的な体格で、脚がすらりと伸び、動きが機敏だった。整った顔立ちだがほとんど化粧をせず、会話の反応が早く、話すときには光る大きな黒い瞳が、笑うと緊張が解けたように柔らかくなった。

——同じ学部でなくてよかったな。成績ギャップでつき合えないよ。

ラグビー仲間で経済学部だった友人にからかわれるまでもなく、尚は久枝と話すとき、無意識の気後れを感じていた。尚が落ちた有名県立高校を久枝は優等生で出ていた。第二志望で入った私立高校で尚は悔しさをバネに勉強し、一年予備校に通ったのち、京大法学部に滑り込んだのだった。偏差値なら東大に十分行けたのを、親から離れるために京大に来たという余裕が久枝を包んでいるようで、久枝と話すときの尚は言葉が固くなった。それでも暇になると頭に浮かぶのは、久枝の姿だった。

前の週に東京本社へ転勤の内示を受けたとき、尚は結婚を申し込む機会だと直感した。これまで会ったどの女性よりも、尚にとって久枝は気になる相手だった。久枝の活気のある目や、形のいい口から明快な言葉が出るのを眺めていると、長い髪がかかっている肩をつかみたい衝動にかられた。他の女性には起きない感情だった。

本社は中東関係の新しいプロジェクトに各地から若い社員を集めることにし、神戸の同期からは尚が一人呼ばれていた。仕事には将来性があるし、これから能力を発揮できるだろうと、尚は高揚感を抱いていた。

勝負をかける意気込みで、尚はレストランに入った。天気もよく、初夏を迎える港のあかりが、心弾む尚には味方のように思えた。

「可愛いし、スタイルがいいし、頭もいいし、活発だし」

「なぜ私なの?」と聞くのに、就職試験のように数え上げる尚を、単純だけどいい人かもしれないと久枝は思った。

「夫と妻は対等だと思っている。一緒に子供を育てていこう」

尚は言った。

久枝には、結婚は家を出る機会でもあった。どんなに会社が忙しくて帰宅が遅くても、久枝は家族の皿を洗い、風呂の掃除をし、ごみを整理し、翌朝の食事の用意をした。同居の兄は残業や出張で勝手な時間に帰り、そのたびに母は食事を出し、あと片づけは久枝がした。母が兄の帰りを待ちかねて年金の相談をもちかけると、兄はよく聞かずにいい加減な返事をした。それでも母が久枝に聞くことはなかった。

家事をする以外、久枝は部屋にいた。ともに家事を分け合い、仕事の話をし合いながら暮らしていく人がほしいと久枝は思った。

翌年の六月、祝福されて結婚し、尚と久枝は大船駅近くに小さなアパートを借りて結婚生活を始めた。家賃・食費・電気・ガスなどの家計は折半し、それぞれが自分の給料を管理した。

尚は動作が荒く、ドアや引き出しの開け閉めが騒がしく、顔を洗えば洗面所は飛ばした水で床が水浸し、皿はよく割れ、タオルは斜めに乾くといった日々だったが、出費に口は出さなかった。ラグビーで鍛えた頑丈な体格で、力仕事なら何でも引き受けた。久枝ははじめて家族と気持ちよく暮らす幸せに浸っていた。

仕事で尚の帰りは連日遅かったが、週末は家にいて仕事を語り合い、久枝の休日出勤にも嫌な顔はしなかった。久枝は新しい統計手法を使って業務を効率化することを考え、徹夜を重ねて新しいプログラムを作った。提案は採り上げられ、上司が責任者となり、プログラムは実施されることになった。久枝は自分が社会で何かを生み出せる喜びに浸っていた。

翌年の夏、久枝は妊娠に気づいた。つわりも軽く、仕事に紛れて気にもならず、秋になり、おなかが人の目につくようになっても子供は自然なことと、久枝はしっかりと頭を上げていた。

年が明けて三月にゆりが生まれた。尚はアルジェリアに出張中だったが、ゆりが生まれる直前に病院に来てゆりの顔を見るとすぐに任地に戻った。久枝はゆりを育てながら、夏前に復職した。久枝の後任になった男性職員の評判が悪く、転任になる事態がかえって幸いした。ゆりを昼間は近くに住む女性に預け、病気のときは夫の両親の助けを借りながら久枝は仕事を続けた。

年末に尚が帰国すると、ゆりは子供になっていた。目も開かず、おくるみに埋もれて捉えどころのない生き物だったのが、ベビーベッドの柵にすがるのを尚は驚嘆の面持ちで眺めた。ゆりは警戒するように尚を見つめ、尚が手を出すと久枝にしがみついた。それでも、一日一緒にいて、数回手を出すうちにゆりは尚に抱かれるようになった。大きな腕が心地よいらしく、揺すられると微笑んだ。

「大変だったね。ありがとう」

尚は、いままで感じたことのない温かい気持ちが広がっていくような気がしていた。久枝も緊張から解放され、尚の帰りを待ちわびていたと思った。

アルジェリアのプロジェクトで尚は数人の現地スタッフをまとめ、手当てもついて給与は増えていた。久枝は元の仕事に復帰したが、昇給が同僚から一年遅れていた。尚の帰宅が遅いので、ゆりを保育所から引き取るため、時短で五時半の退社を選んだ久枝の給与は二割カットされた。カットされていながらも定時に仕事を離れるとき、横目で見送る同僚の眼差しは、久枝には刺すように感じられ、さらに昼間も仕事になっているのかという疑念にさらされているように思えた。

給料を下げられていることは同僚に知られていなかった。たとえ知られていても、当然と思われるだけだった。久枝は仕事に戻ることができたことを幸いと思い、手がけている事務整理のシステムを早く仕上げて成果を挙げたいと考えていた。仕事に専念できるよう、週一日は尚が定時に帰り、その日は久枝が自由に残業をすることを提案したが、尚は職場の雰囲気からそれは不可能だと言った。

「それに、久枝にしても」

尚は続けた。

「企業の側から見たら、短時間勤務にしていながら一日だけ残業するのはかえって目障りじゃないか？」

それはもっともな考え方だった。

「でも、いま手がけている事務処理のシステムづくりを成功させたいの。ひと晩、仲間と一緒にじっくりつき合うのと、宿題を言い置いてきて、次の朝に見直すのとでは違うから」

久枝は真剣だった。

「外部のエンジニアと夜遅くまでやり合うんだろう。これ以上詰めたら体がもたないんじゃないか」

尚が心配する健康は、久枝には自分が早く帰宅したくない口実に聞こえた。

「好きなことだから大丈夫。それに成果を挙げておかないと、産休と時短で、ただでさえ給料も減らされているし……」

「それなら心配しなくても僕の給料が増えるから大丈夫だ」

「家庭の収入」をいうなら、それは正しかった。入社当時は久枝の方が高かったが、五年がたち、手当てがついた尚と、基本給を減額された久枝とでは収入が逆転していた。さらに、これから役職がついていく尚と、一般職でその望みがない久枝では、将来の差ははっきりしていた。それでも、「将来」ではない、「いまの仕事」を完成させたいのだと、久枝は口を閉ざした。

順調な仕事にのめり込み始めた尚には、久枝が夕方ゆりを引き取り、食事の支度をして待っているのは自然なことに思われた。十分に働いて久枝やゆりにお金を渡すことができることには快感があった。面白くない掃除や洗濯をしないでも、自分は家庭のために働いているのだと胸を張ることができた。以前、久枝に対して抱いていた劣等感は、優越感に変わっていた。久枝が自分より上に立つ心配がなくなったことが、尚を鷹揚にしていた。

「あまり無理をするなよ。ゆりのためにも体を大事にした方がいい」

久枝の胸に冷たいものが走った。

「僕が家計は余計に出すからさ」

尚の顔にはゲームに勝ったときのような満足感が見えた。その顔に久枝ははじめて憎しみの感情が盛り上がるのを覚えた。

週末、尚はゆりを抱いてもぐずるとすぐに久枝に渡すようになった。尚がゆりを抱くわずかな時間にすませたいと考えていた用事は、片づくことがなくなった。久枝は尚が機嫌よく仕事の話をすると耳をふさぎたくなり、「忙しい」という言い草には胸が圧迫される思いがした。

「象の水浴び」と笑っていた尚が使ったあとの洗面所も、水を拭くのが鬱陶しくなり、靴下を洗濯機に放り込むしぐさにも嫌悪を感じ、冷蔵庫から缶ビールを取り出して開け、そのまま上向きに喉に流し込む姿には、動物でも見るかのように顔をそむけた。

夏の間、久枝は尚を見ないようにして暮らした。帰宅するとゆりの世話をし、ゆりが寝ると仕事をした。洗濯と食事の用意だけをし、尚がいない休日は家政婦に掃除を頼み、尚が何を着ようと食べようと気にかけないようにした。

久枝は自分が意地悪く余裕のない人間になっていくような感覚に捉われた。母親のとげとげしい思いをゆりがどのように受けとめているかと思うと、心臓が凍る気がした。

尚は相変わらず忙しく、忙しさを楽しんでいた。やるべき仕事があり、その仕事で自分の評価が上がるのだった。連日遅くまで事務所に残り、土曜も出勤し、翌日早朝からゴルフコースに出て、懇親会につき合い、月曜日にはさわやかな顔で出張した。その頑強な体力は、仕事と競争のためにあった。好きなように行動して、好きなときに家庭内を見れば、ゆりは順調に大きくなっているのだった。

九月に入って久枝は切り出した。

「尚はいま以上に仕事を削ることはできないでしょ。それなら私たち、別々になれないかしら?」

少なくとも尚が出たり戻ったりするときの騒々しさからは解放される。

「なんで別にするの?　不経済じゃないか」

尚は呆れたように言うと、邪気のない冗談でも聞いたかのような笑いを見せて出て行った。

「バン！」というドアの音を、久枝は運命の音のように聞いていた。

久枝は勤め先から一〇分ほどの場所にひと部屋を借り、身の回りの品だけ持って家を出た。ゆりは自宅で子供を預かる、近くに住む四〇代の女性に預けた。

尚は久枝が出て行ったことに半信半疑だった。夜遅く毎晩のように電話をしたが、久枝からはしばらく別れていたいという返事があるだけだった。（いずれ久枝は帰ってくるだろう。しつこくしては逆効果かもしれない）尚はそう考えていた。

久枝がゆりと二人になって一か月がたった。尚の姿がない分だけ生活は簡単になった。いちど尚とはっきり話さなくてはならないと久枝は考えていた。

一〇月になって久枝は人事部長に呼ばれた。

「会社が大幅な組織改革をするので、言いにくいことだが退社してほしいんだ」

事業所は支店と合併し、社員は一部退社、それ以外の者は他の支店に異動となる。厳しさを増す国際競争に対応するための組織替えであり、いわば発展のための荒療治だと部長は言った。

「手がけていたシステムはどうなります？」

「あれは大きな投資で上手く進んでいる。継続することになる」

関わっていた社員は、プロジェクトチームとしてそのまま完成を目指すという。

「私に落ち度があったのでしょうか？」

「いや」

部長は書類を見ながら言った。

「君の評価は高い。数字だけならトップだ。しかし、企業は大学の入学試験ではないんだ。君は子供を産んで時短中だ。次の子供を産むときにまた休むだろう。将来、業務に支障が出る」

「将来のことは分からないはずです。時短の分は成果で埋め合わせているつもりです。評価はその結果じゃないのですか！」

部長は眼鏡の奥からじっと久枝を見た。

「どうしてもこの事業所から三人削らなければならない。君は学歴も申し分ないし、仕事もできる。次の仕事も見つかるだろう」

「学歴があって仕事もできる人は他にもいるじゃありませんか。なぜ私なのですか？」

「君は旦那さんがいるだろう。しばらく養ってもらったらどうなんだ。家族を持つ男がクビになったらどうなる？」

部長の上唇は引きつり、声が荒立っていた。

（おしまいだ）久枝は思った。頭を下げると部屋を出た。

翌日から久枝は仕事を探した。官民を問わず調査などの仕事を探したが、希望の職種は新卒でなければならず、子供を抱えた女性には面接の機会すらなかった。

クリスマスから正月の季節を、久枝は暗い気持ちで過ごした。失業保険が切れる前に仕事を見つけなくてはという焦りの中、ゆりの笑顔が救いだった。そのゆりを育てるためには仕事が必要だった。

年明けに久枝は尚に会った。年末にアルジェリアに行っていたと、尚は相変わらず浅黒い元気のいい顔を見せたが、久枝に戻る気がないことを知ると、青菜に塩のような表情になった。

「離婚になるのなら、せめてゆりは渡してくれよ」

これまで一度も久枝が見たことがなかった気弱い表情を見せて尚は言った。

「久枝は若いし、これから再婚してまた子供を持つ可能性もある。でも、僕はいまでも久枝が好きだ。二度と結婚しないつもりだし、ゆりがただ一人の子供だ。ゆりを失うと僕はすべてをなくしてしまう」

普通の男の例を考えれば、尚に落ち度はなかった。一緒に暮らせないのは、尚の落ち度ではなく、久枝の一方的な感情だった。自分に同じように働く機会を分けようとしない尚に愛情が持てなくなっていた。その気持ちを、おそらく尚は一生理解しないだろう。そう思うと久枝は戻る可能性がないことを尚に説明できなかった。

「ゆりは両親に預けるから」

兄は関西に住んでいて、家には両親だけで、以前から女の子をほしがっていたので、可愛がってくれるはずだと尚は言った。

「久枝は母親なんだから、ゆりにはいつでも会いに行けばいいし、ゆりがいなければ自由に働

ける だろう?」

降り続いていた雨がさらにしげくなり、雨戸に打ちつける音は恐怖心すら誘った。今日の面接は最後の望みだった。失業保険が切れるまであと三か月、家賃、保育料、交通費を払うと、食費はやっとで、わずかにあった貯金も底を尽きかけていた。

尚の両親の穏やかな顔が浮かんだ。父親は地方銀行を退職し、母親は五〇歳を過ぎたばかりで、若いころは小学校の先生をしていた。大磯駅近くにある家は戦後に建てられたもので、木々が根づいていた。ゆりは庭や畳で遊び回ることだろう。ゆりにおもちゃや本を与えることもできる。

なぜ、落ち着いてゆりの相手だけをできないのだろう。抱きしめたくなるしっとりした肌、むちむちして、じっくりと重い腰、愛らしいというほかない小さい指、信頼に満ちて見つめる目、それを眺めて一日を過ごすことはできないのか。

それは考えるまでもなく無理だった。ゆりの泣き笑いの相手をし、食事や衣服の世話に明け暮れたら退屈することは明らかだった。日に日に頭脳が低下していく恐怖があった。ゆりが自分を縛っているという意識から、ゆりを憎む気持ちが起こらないとも限らなかった。いつ、何を、どのようにすればいいか、順序や必要な時間が同時に頭に浮かび、器用で手早い久枝には家事は全くの片手間だった。大きな企画を練ったり、その実現のための手段を考える、頭はそのためにあった。好きな仕事なら退屈することはない。睡眠を削っても、体を酷使しても、仕事と並行してゆりを育てていける。その仕事がなかったら、ゆりに注ぐ愛が生まれるだろうか。

「親はなくとも子は育つ、愛がなくては子は育たぬ」という言葉が思われた。祖父母は二人でゆりを愛してくれるかもしれない。

久枝は頭がしだいに萎えてくるようだった。

——旦那さんがいるだろう。

部長の声が無意識の中に響いた。

——男は家族がいるんだから、女がやめろ!

久枝は首を振っていた。

(クビになって帰って、妻に慰めてもらえる男もいるでしょう。妻がパートでしのいで、そのうち男も職を見つけましたっていうストーリーはどうなんです? 私は仕事と家庭を失ったのに……)口惜しさを溢れさせたように涙が頬を伝わっていた。

——自由にしたら?

夢うつつの中で尚の声がした。眠りたい、そのあと尚に電話しようと久枝は思った。

次の週末、ゆりを連れて大磯の駅に降りた久枝を尚が待っていた。人影も少ない広場を背景に立つ尚が、見知らぬ人のように感じられた。数日前にゆりを渡す決心をした日から、尚は久枝にとって夫ではなく、「ゆりの父親」である人になっていた。太陽がまぶしく、睡眠不足に涙を拭き続けたまぶたの下が痛み、久枝は目の下の隈が目立たないように化粧してきた顔を尚からそむけた。

久枝は尚の両親に封筒に入れてきた二〇万円を渡した。通帳からの最後の引き出しだったが、次にいつ大磯に来れるか分からないという気持ちがあった。尚が両親にどう説明したのかは聞いてはいなかった。

二日前、別居を報告するため、久枝は自分の両親を訪ねていた。

——将来性のあるいい男じゃないか。どうして合わせるように努めないのだ。

父は不機嫌に黙り込み、「自分の始末は自分でつけろよ」と庭に出て行った。

立とうとしたとき、それまで黙っていた母が口を開いた。

——どんなに困っても、ゆりの養育費は送りなさい。親として将来の権利を守るということもあるし、なにより母親の責任として、それは必要よ。

久枝は母に対して、はじめて尊敬の念を覚えていた。

大磯にはよく連れて来ていたこともあり、ゆりは機嫌がよく、不安そうな様子は見せなかった。尚はゆりを抱いて駅まで送ってきた。

「すぐに遊びに来るからね。おじいちゃんやおばあちゃんの言うことをよく聞いてね」

抱きしめるとゆりは顔じゅうで笑っていた。

「ゆりに会いに来るときは知らせてくれよ」

尚の言葉は久枝の耳の先に消えていた。ゆりを手放したという思いで背中から胸が痛み、言葉が出なくなっていた。何をいまさらという思いだけが残った。


「東京、トーキョー」

アナウンスとあたりのざわめきに久枝は目を覚ました。顔をこわばらせた老女のような自分が窓に映り、その先を人々が足早に行き交っていた。(乗り越した！)久枝はとりあえずホームに降りた。

どこへ向かうのか、これからの方針を決めてから家に帰ろうと久枝は思った。ゆりのいない家、寝場所にすぎない部屋にいつ帰ろうと自由だった。いつもゆりの姿が胸の奥にいて、食事、迎え、買い物、すべてに取りついていた「一刻も早く」という強迫観念と縁が切れると、時間は十分にあり、どこにでも行くことができた。

宙に浮いたような不思議な感覚に浸ったまま、久枝は駅に続いたデパートの化粧室に入り、髪を整え、口紅を塗った。(自分に合う仕事を見つけて、やりこなすまでだわ)鏡を見ているうちに久枝は落ち着いてきた。

腰を据えてもう一度やりたい仕事の分野を洗いなおしてみようと考えながら、婦人客が行き交う洋品コーナーを横切ったとき、肩をたたく者があった。

「久枝じゃない？」

振り向くと、明るい藍色の絹のワンピースを着たすらりと背の高い女性が、目と口を開き、呆然としたように立っていた。高校で特に親しくしていた薫だった。

「薫！」

久枝も叫ぶような声を出すと、あたりにいた数人の中年婦人が同時に二人を振り向いた。八階の喫茶室に席を取り、二人はしばらく互いを見つめた。同時に笑いが湧き上がっていた。

薫は大手企業役員の一人娘で大倉山の大きな家に住んでいた。高校時代には、久枝が週末に薫を訪ねて一緒に勉強することもあった。薫が東京の女子大に進み、久枝が京都へと別れると、互いの交流も間遠になったが、顔を合わせると一瞬で二人は昔に戻っていた。

大学で心理学を専攻した薫は、父親の友人で、精神科の専門医の浜田博士が個人的に開いている研究グループで心理学の勉強を続けていた。浜田夫人は薫の大学の先輩でもあった。

「いいご夫婦よ。私の研究対象なの」

薫自身は、これから結婚するカップル向けのコミュニケーション講座を持っていると説明した。

「パートナーもいないし、結婚もしていない私が〝カップルトレーニング〟っておかしいけど」

薫はまた笑った。

「トレーナーの現実とトレーニングの質はきっと別なのよ」

薫なら評判がいいだろうと、久枝は薫の笑顔を眺めた。

「ともかく薫のトレーニング、私は間に合わなかったね」

わざと肩をすくめて久枝は笑った。

「久枝にはいずれにしても無用。講座に出たらきっと結婚を取りやめるわ」

いたずらっぽく薫も肩をすくめた。

「ひどい言い方」

久枝は久しぶりに心から笑った。

「まず信頼できる人に相談してみたら。久枝ができる仕事は必ずあるはずよ」

別れ際に薫は熱を込めて言った。


翌日の暮れ方、久枝はJR荻窪駅から一〇分ほど歩いた住宅地の一軒家に浜田博士を訪ねていた。古い木々に囲まれ、傾いた門柱に〈ホライゾン〉と板に墨で書かれた看板が出ていた。

薫が紹介してくれた浜田博士は、痩せて小柄で、着古した茶系のズボンに洗いざらしに見える藍色の開襟シャツを着て、本が壁一面に並び、さらに床にも積み上げられた書斎兼応接間に現れた。夫人が急いであかりをつけた。窓側に置かれた小さなテーブルを挟んで向き合うと、博士はじっと久枝を見た。

博士は五五歳。精神科の医師で、東大の助教授をしながら組織の中で病む心の研究をしていた。七〇年代の日本では、経済発展の負の部分として、伝統的な人間関係が崩壊し、人々の精神が不安定になる現象が広がっていた。人間は人とのコミュニケーションで生きていくものだから、新しい人間関係を構築できるようにトレーニングすれば、夫婦も勤め人どうしの心理的関係も改善されると博士は考え、一九七五年に〈ホライゾン〉を設立し、院生や一般の企業人二〇人を対象に、自身のトレーニング理論を実験していた。

——博士は人を見る目があるの。交友関係も広いし、きっといいアドバイスがもらえるわ。

薫の言葉だった。

「勉強しなおして専門職についたらどうですか?」

久枝の話を聞くと、しばらく考えて博士は言った。

「例えば、私たちがいまやっている企業人のトレーニングでも日本は遅れている。なによりすぐれたトレーナーが不足していて、経営者の心理コンサルタントはもちろんのこと、女性社員のトレーニングも貧弱だ。これからは専門的なトレーニングで人材を育てなければいけない。需要は大いにある」

身を乗り出すようにして博士は言った。

「まずアメリカで三年ほど勉強してきてはどうですか？　帰ってくれば私のところを手伝ってくれてもいい」

大学院は、博士が留学したアメリカ東部の精神科で名のあるアーマスト医学校を勧めてくれた。返済義務のない奨学金を探すことや、博士のほか京大時代のゼミの教授の推薦状を揃えることなど、博士の話は具体的だった。涙がにじんだままの顔で久枝は頭を下げた。

次の日、久枝は母を訪ねた。ゆりを預けた報告をし、アメリカで勉強するために費用を貸してくれるように頼んだ。

「六年のうちに返します」

「2、000、000」と数字が並んだ自分名義の普通預金通帳と判子を母は渡してくれた。母の全財産だと思うと、久枝の目にまた涙が溢れた。


久枝がアメリカで過ごした三年の間にゆりは六歳になっていた。帰国して成田空港に着くと、家を探す間、浜田夫人の厚意で滞在させてもらう〈ホライゾン〉宛に荷物を送り、飛び立つ思いで久枝は大磯に向かった。細い雲が幾すじも引いたように流れる空をさわやかな秋風が吹き抜け、時どき射す陽がゆりの笑いのようにも感じられた。最後にゆりを抱きしめたときの感触を確かめるように両腕を組み合わせ、久枝は走るように大磯駅の改札を出た。

三年前と同じひと気のない広場を後ろに、義母に手を引かれた女の子が立っていた。久枝を認めて笑いかける義母の横で女の子はじっと前を見ていた。義父が几帳面に半年ごとに写真を送ってくれたおかげで、久枝はゆりといつも一緒に過ごしてきたような気になっていた。数か月ごとに成長していくゆりは、久枝のノートや財布の中でいつも同じ笑みを湛えていて、ノートや財布を使うたびに久枝の気持ちは落ち着くのだった。そうしていつか写真のゆりは久枝の体の一部になっていた。しかし目の前の女の子は、久枝の体の中にいたゆりと全く別の人間だった。久枝の体の中のゆりのように駆け出して、久枝の腕に飛び込んでくることはなかった。

久枝は義母に挨拶するのも忘れて、ゆりを見たまま立ち尽くした。

「おかえりなさい。元気で無事でよかった。ゆりが大きくなったでしょう」

久枝に声をかけると義母は腰をかがめ、ゆりに向かって、「ほら、お母さんよ」とうながすように言い、つないでいたゆりの手を離し、ゆりの背を久枝の方に押した。うつむきかげんのゆりの顔を、久枝は膝をついて覗いた。写真の顔かたちが戸惑いと不安を溢れさせて、はじめて会う子供のように見えた。両手で抱きしめようとすると、ゆりが体を固くするのが分かった。ゆりを間に挟んで久枝は義母とゆっくり家に向かった。家では庭を掃いていた義父が穏やかな笑顔で迎えてくれた。そのうなずく緩慢な動きに、三年の年月があった。

尚は久枝がアメリカに発って間もなくアルジェリアに出ていた。大きなプロジェクトを担当していて、数百人の現地人を抱えていると義母は言った。久枝が義母と話している間、ゆりはおとなしくお絵かき帳に人形の絵を描いていたが、時どき戻ってくると、覗き見するような目を久枝に投げ、甘えるように義母に両手を出した。こぼれるような微笑みを浮かべてゆりを抱きとる義母の姿に、久枝は胸が焼けるような感情が自分を突き上げているのを感じた。嫉妬だった。ゆりにとってなつくのは義母、久枝はめずらしい訪問客だった。三年ぶりの再会、溢れる愛と恋しさの中の涙は絵空事でしかなかった。目はひたすらゆりの動きを追い、平静を装いながら久枝は胸の苦しさに耐えていた。笑顔がこわばっていた。

「学校では問題ないと言われているの。あまり勉強はしないけど」

頬ずりしながら義母は言った。義母の動作はいかにも自然で、毎日のように繰り返される習慣になっているのが見てとれた。ゆりは両手を祖母の肩にかけ、首を寄せかけていた。

「おやつにしようか。お母さんのおいしいお土産があるよ。おじいちゃんにも声をかけてね」

義母はゆりを畳に下ろした。ゆりはいそいそと庭に出て小走りに戻ってくると、台所に行って以前に久枝がゆりに送ったピーターラビットのカップを持ってきた。テーブルには大きな和皿にケーキとメロンが並んだ。目を輝かせてケーキを見つめるゆりに注がれる義母の眼差しを見るうち、先ほどまで胸につかえていた熱い塊が、久枝の心から消えていった。ゆりは温かい愛情に包まれていた。親がどのような気持ちで見ているかなど想像もできない、またそうする義務も必要もなかった。

どんなにゆりが愛おしくても、仕事がなければ自分が自分でありえないことを自覚したときから、ゆりと自分の関係は予想できたことだった。ゆりにとって久枝が「第二の人」になることは、久枝が選んだことだった。ゆりを生きがいにするほどの愛情を注いでくれた義父母に感謝こそすれ、嫉妬することは恥だった。

夜には〈ホライゾン〉で浜田夫婦に会い、これからの仕事の目星をつけるつもりだった。まず、部屋を探して落ち着くまで一人の時間が必要なのが、いまの現実だった。ゆりが祖父母に甘え、素直に育っていることは、久枝にとってこの上ない幸運と思うべきなのだった。

アメリカでは、資本主義の理念に人間の心理分析の結果を重ねてビジネスを効率的に進める方法論が企業の間に広く採用されていて、方法論の内容も、理論中心型から体を媒体にする感覚・運動型など多様だった。久枝は理論中心のものの中から、感覚的に自分に合うと思われるものをいくつか学んだ。

久枝が帰国すると、企業の成功には組織的な研修が必要だとの考えが日本にも広がり始めていた。〈ホライゾン〉も、人と人との間のコミュニケーションを図る研修プログラムを開発し、民間企業に講師を派遣して研修を行う事業を始めていた。浜田博士は大手企業の役員を対象に心理コンサルタントをする一方、社員研修を行うトレーナーグループを育成していて、久枝も参加することになった。グループの一人に産能大学に勤めながら〈ホライゾン〉に研究に来ていた中田敏夫がいた。敏夫は勤め先でパイロットがコックピット内で常に冷静な心理状態を保つための研修プログラムを開発していたが、緊急事態に置かれた人間の精神反応を研究するために浜田博士のもとに来ていた。敏夫は久枝と同年輩で、中背、丸顔で、ラフなシャツの袖をまくり上げていて、いつも明るい返事を返した。

「薫さんと高校が同級の仲良しなんだって？」

敏夫は丸い目を回して見せた。

薫は久枝がアメリカにいた間、オーストラリアのパースにある看護学校に二年留学して終末医療を学び、帰国後はカップルトレーニングを離れて、博士とともに老人の終末医療の共同研究を始めていた。

〈ホライゾン〉には様々な企業から研修の依頼が増えていた。久枝は大手企業の新入女子社員のトレーニングを任された。女子社員は一様に一般職だった。行儀見習いの域を超えて、責任のある仕事のプロに変える研修をするようにと博士は指示した。

〈ホライゾン〉の実験グループの間では毎晩、研究手法について論議・実践が行われた。浜田博士はいつも聞き役だったが、持ち込まれた案件にどの手法を使い、誰をトレーナーとして派遣するかを決めていた。

浜田博士の友人で欧米で広く活動するドイツ生まれのアメリカ人、マイケル・パウラが〈ホライゾン〉に現れたのは、間もなくだった。背が高く恰幅がよく、白い髭に包まれた大きな顔にグレイのセーター―をゆったりと着て、小柄で小刻みに歩く浜田博士と並んで悠然と歩いてきた。灰色の目が馬の目のように優しく微笑み、差し出された大きな手に久枝の手はすっぽり隠れた。

「先生とは長年の知りあいでね。またお世話になる」

パウラは久枝に挨拶した。(誰かに似ている)と考えて、久枝はフライドチキンの看板キャラクターを思い出した。もっとも、パウラの眉根は看板よりずっと哲学的だった。

「日本には禅を学びに来たそうだ」

浜田博士が言った。パウラは、国際企業のトップを顧客にして心理カウンセリングをしていたが、欧米の研修理論や手法に禅の思想を取り入れることを考えていた。〈ホライゾン〉では、二人が週をあけず、長い時間議論し合う姿が見られるようになった。


久枝の研修は順調に滑り出した。一つ研修を終えると継続して次の研修の予約が入った。一社の担当者からの口コミで、関連企業からの予約も続いた。研修を始めて二年目、浜田博士の勧めもあって久枝は独立した。

久枝の〈オフィス51〉は、JR御茶ノ水駅から駿河台に向かって下り、すぐに右に折れたにぎやかな通りの左側の古いビルの三階で、廊下に沿って小さな部屋が四戸並ぶうちの窓際の部屋だった。四〇平方メートルほどのワンルームには、小さな応接セット、壁際には電話とファクスを載せた机とファイル棚が置かれ、通りに面して大きく開いた窓には紺地に白のストライプのカーテンがかかっていた。窓ガラス越しにマロニエの並木の葉先が見え、花の季節で緑の間に赤い色が揺れていた。窓を押し開けると、通りを歩く学生の声が、音の集合となって立ち上ってきた。

「なんで51なの?」

開所祝いに敏夫と連れ立って来た薫が、〈オフィス51〉とドアにかけた看板に目を留めて言った。

「さあ」

久枝は詰まった。深く考えもせずに登記所で思いつくままに書いたのだ。(いま、三五歳。五〇歳なんて遠い先のこと、それまで生きているかどうかも怪しいわ)そんな思いが何となく頭にあっただけで、五〇に一を足した理由も特になかった。

「五一までやれば十分な気がして」

われながらあやふやだと久枝は笑った。

「五一だと、僕なんかローンもまだ終わってないし、娘も学校、それでやめたら女房が鬼になる」

敏夫も産能大学を辞めて友人と独立したところだった。敏夫が開発したコックピット内でのパイロットの危機対応能力を高める研修プログラムは好評で、大学は大手の航空会社から多数の研修を受注していた。敏夫はトレーナーとして研修に追われたが、プログラムが売れて大学に利益をもたらしても、自分の給与が増えるわけではないことに不満を持っていた。敏夫はプログラムの権利は大学に渡し、自分は使用権を得ることで円満に退職して、秋葉原に小さな事務所をかまえていた。

「浜田教室も解散だね」

敏夫は感慨を込めて言った。

「発展的解散だから先生も喜んでいらっしゃるでしょう」

薫の声は低かった。浜田博士は最近、体調を崩して、入退院を繰り返していた。

——君はやれるよ。女子社員の研修に慣れたら、パウラについて企業幹部の研修を勉強したらいい。収入も上がるし世界も広がる。

久枝は博士の言葉をかみしめていた。母に借りた通帳はすでに元通りにして返していた。貯金はなかったが、その年、一〇〇〇万円の年収を得ていた。このまま努力を重ねれば、収入をやがて倍増させる希望もあった。久枝は一八歳で家を離れて以来、はじめて自分が一人前であるような自信を感じていた。

いつゆりを引き取ることにするのか、義父母と話し合う機会を探らなければと久枝は思った。新横浜駅に近い小さいマンションのローン契約をしたとき、久枝は光が射す角の部屋にゆりが腰かける姿を想像した。しかし、机の上にあるゆりの二年生の教科書に何が書いてあるのか、宿題はすませたのか、想像がつかなかった。自分のその年頃のことさえも思い出せなかった。

大磯は秋の陽が輝き、杉の葉が黄ばみ始めていた。いつものように尚の両親は久枝を気持ちよく迎えた。

夕方帰宅したゆりは久枝を見ると、よく訪ねてくる人に会うときのような笑顔を見せて「ママ」と言い、祖母に駆け寄って「ただいま」と言うなり、「これ」と靴袋を突き出した。

「おかえりなさい。あら、汚れたの？」

靴袋を受け取る祖母にコックリとうなずくゆりの目を、久枝はしばらく眺めていた。すると、久枝の脳裏に、教員で共働きをしていた高校時代の友人が、溜息をついていた姿が浮かんだ。

——娘ったら、世話してもらっている女性を「お母さん」って呼んで、私のことは「ママ」っていうのよ。引き継ぎのときなんか、あちらが「お母さん」、こっちが「ママ」。私、何で働いているのか分からないわ。

「そう、よかったわね」

久枝がマンションの契約をした話をすると、義母は考えをめぐらせるような目をして、眉を寄せた。

「ゆりは学校になじんで元気にやっているし、環境を変えるようなことはよくないと思うのよ」

ゆりの動きを目で追いながら茶器を片づける義母の手はてきぱきと動いていた。ゆりがこの家の一員という感情がこみ上げて、久枝は黙ってテーブルを拭いた。明日の京都への出張の予定が、ゆりの姿に重なった。

秋が深まるころ、浜田博士が亡くなった。葬儀が終わって間もなく、久枝はパウラから電話を受けた。

「博士から久枝のことは聞いている。空いている時間に仕事を手伝ってくれないか」

パウラは〈コンタクト〉という法人名で欧米で活動していた。経済発展の結果、日本のビジネス界は、日・欧・米の三極体制になり、外資の日本進出が進んだ。海外企業は、支社ばかりでなく、アジア太平洋事業の統括部を日本に置くようになった。パウラのクライエントも日本に拠点をつくったものの、外国にある本社と日本支社の幹部同士の意思疎通の難しさが業績の足を引っ張る場合が増えた。パウラのもとには異文化間コミュニケーションのセミナー依頼が相次いでいた。

——パウラから学ぶといい。

浜田博士の言葉が久枝の頭に響いていた。

伊豆の春は霞んでいた。半島の西海岸にある舟着場から小型のボートで一〇分、穏やかな波を分けて久枝は小さな島に着いた。島の半分は私有地で、瀟洒《しょうしゃ》なホテルが建っていた。

この日の研修は、朝早く始めるのを好むパウラに合わせていて、九時にはホテルの一室に、二社の多国籍企業から、ドイツ人、フランス人、英国人、それに日本人の役員が集まっていた。参加者を円形に座らせ、真ん中にテーブルを置かないのがパウラ流で、さらにこれもパウラ流なのだが、みなネクタイなしのカジュアルな服装だった。

研修は、二社がそれぞれの事業の一部を統合して日本に拠点を置くにあたり、役員の間で役職の割り振りの合意を成立させることを目指していた。

パウラはまず参加者一人ひとりに個人の生活を語らせることから始め、続いて現在担当している事業について説明させた。その後、討論で事業の分析や次の年度の目標について意見を一致させ、最後に各人の権限を分けさせた。フランス人と日本人の英語が理解しにくいのをパウラは巧みに言いなおし、フランス語や日本語を交ぜて笑いを誘った。

途中、意見が衝突すると、パウラは参加者にホテルの庭を散歩することを勧めた。ホテルの庭には、広い芝生を囲んで色とりどりの花を盛った石膏の花台が並び、その先の青い海には富士の頂上が白く雲の上に浮いていた。

明るい陽射しの下で参加者が勝手に散策するのを窓から眺めながら、パウラは並んでいた久枝に言った。

「仕事は人間の内面と一体だ。人とビジネスをするときに同僚の内を知っておくと役に立つ。内面を見せることで、理解ばかりでなく親しみも生まれる」


「日本にこんな場所があるとは」

「イタリアのリゾートみたいだ」

部屋に戻ってきた参加者はそれぞれに言い、表情は和らいでいた。

夕方には疲れも加わり、寛容な笑いも出るようになった。あとには波のしぶきが窓を打つ温泉が待っていた。


翌朝、参加者はくつろいだ顔で互いに挨拶を交わした。

「本音はみな権力争いだ。誰もが本社や産業界に自分の業績を認めさせて、次のポストをねらっている。一人ひとりにとって何が利なのかを、真剣に考えなければならない。個人の利が全体の利に合致するようであれば、当事者の精神も鷹揚になる。それが正しいビジネスだ」

パウラは言った。

「そうして人間が最後に決定するとき、その決め手は感情だ」

二日目の最後、参加者に合意について確認させると、パウラは閉会を宣言し、握手をして部屋を出た。

「するべきことが終わったら、早々に引き上げるものだ」

穏やかな笑みを浮かべてパウラは言った。

年明けに久枝は薫を誘い、秋葉原の敏夫の事務所を訪ねた。敏夫は独立後、産能大学のクライエントである大手航空会社のパイロット研修を担当しながら、別の大手航空会社を顧客にして同様の研修を始めていた。忙しいが、さらにプログラムの改良もやりたいと、敏夫は熱を込めて語っていた。

「パウラはその後どう？」

敏夫が聞いた。

久枝は、パウラのクライエントを圧倒する存在感に感心していた。

「西洋の古典や古今東西の言い伝えはもちろん、日本の俳句やら禅を引用したり、哲学的考察を挟んで雄弁よ。参加者はみなそれぞれ教養ある紳士を自負しているから、いちおうは納得をしているところにビジネスの利害を突いていくの。〃参加者は圧倒されてごまかされている〃って言っては言いすぎだけど、ともかく、パウラが意図したように誘導される。そのように持っていく能力ね」

英国の役員と向き合ったときのパウラの怖いほどの表情を久枝は思い出した。

「〃戦うときがあり、和睦するときがある〃だ」

あの迫力の代わりに自分は何を持っているだろうかと久枝は考えていた。扱うものは、地位と億単位の金をかけた男同士の戦いだった。

「あの風貌も役に立っているよな」

敏夫の声が響いた。それも一理あると久枝は笑った。

ひとしきり三人で語り合ったあと、部屋に置かれた机の上のファイルがきれいに整理されているのを見ながら、久枝と薫は外に出た。

「敏夫さん、仕事が上手くいっているようね。でも、いま一つ、元気がないのよね」

駅に向かいながら久枝は、敏夫の口調にいつもの陽気さがないことを思い出していた。

「下の娘さんの白血病が進んでいるみたい」

薫は沈んだ声で続けた。

「奥さんと一緒に看病しているの。まだ七歳よ。可愛い盛りに。費用も大変みたい」


箱根は秋色に染まっていた。澄んだ空に薄くたなびく雲は、すでに雪の富士を抱えるかのように淡く、地上では葉ずれの音のたびに色とりどりの木の葉が色紙のように舞った。八時過ぎに久枝は、芦ノ湖畔を強羅方面に上った高台の右手にあるホテルのロビーに着いた。

この日はドイツの高級自動車会社のトップセールスマンどうしの軋轢《あつれき》を調整するセミナーだ

った。次々に研修室に入ってくるセールスマンは互いに挨拶もしなかった。顧客訪問に使うべき時間をつまらぬ研修につき合わされるという不満がありありと見えた。

すでに部屋の中央に立っていたパウラは、にこやかな表情で一人ひとりの表情を読んでいた。パウラの研修は社長レベルで企画されていた。それがパウラの権威を上積みし、高い研修料を正当化していた。それだけに参加を強要されるセールスマンの反感は強かった。

集まった二〇人余りの中に一人、固まったような表情をした女性がいた。引きつめた髪に、男性と同じジーンズに濃紺のTシャツ姿で、久枝ははじめ女性と気づかなかったが、肩や手は間違いなくしなやかだった。

「あの女性はこの中で売り上げトップの、文字通りの〝トップセールスマン〟だ。でも、あの顔は精紳を病んでいるね。人生はもっとリラックスしなければいけない」

パウラが久枝に囁いた。

今日のパウラはゆったりとした黒のセーターを着て、春に行われた伊豆の研修のときとは全く雰囲気が異なっていた。久枝は女性セールスマンから目が離せなかった。周りの男性は敵だとばかりに防御を固める様子は、触ればトゲを立てる小動物の印象があった。

高級車販売の世界では女性は皆無といっていいのだが、その中でプライドで固めた男性のやつかみにあいながら女性セールスマンがトップの座を維持すると、このような顔になるのだろうか。久枝は溜息をもらし、この人は顧客に対してはどんな笑顔を見せるのだろうと想像した。

「高級車を多数売るセールスマンのプライドと競争意識は並のものじゃない」

パウラは言った。

「セールスマンは孤立している。絶対に仲間にコツを教えないし、客を奪われないよういつも身構えている。情報共有なんてとんでもない。その精神を変えなければ、豊かで成功した人生とは言えない」

この日、パウラは参加者に、自分の心を開けば相手も開く、という経験をさせた。参加者を二人ずつ組ませて、幼いころの話をさせる。昔話は自分の私的な部分を相手に開放していく。

休憩時間にパウラは久枝を呼んだ。

「彼女は男性を過剰に意識している。全身、ピリピリしているだろう。とにかく被害者意識が強い。相談にのる必要がある。昼休みに話してみてはどうか？」

昼休みに、女性は庭に面した席で一人で食事をしていた。久枝はサラダとコーヒーを載せたトレーを持ってそばに寄った。

「隣にいいですか？」

久枝が聞くと、女性は黙って自分のトレーをずらした。

「これまでセールスマンとしてやってきて、いちばん嬉しかったのはどんなときですか？」

久枝が語りかけると、女性は驚いたように久枝を見た。しばらく考えていたが、その目がほっと和んだ。

「トップセールスになったとき、夫が喜んでくれたことかな」

はじめて女性は笑顔を見せた。


「彼女はずいぶん男性の苛《いじ》めにあったようです。男性側の、女性が男性より勝ることを憎む感情を取り除かないと解決にならないでしょう」

久枝の報告をパウラはあごに手をやって聞いていた。

「差別感情を持っている方を変えるのは、時間がかかりすぎる。それはおいおい進めるとして、まず、被害者側の心を開くほうが本人も楽になる」

午後も引き続き女性の相手をするようにパウラは久枝に言った。


午後の研修中も女性は硬い表情を崩さなかった。仲間のセールスマンを相手に話すときには、こめかみが引きつることさえあった。

三時半からの休憩時間に久枝は女性を探した。昼食をとったテーブルで女性は庭を眺めていた。昼の会話で夫の話をしたときの女性の笑顔を久枝は思った。

「ご家族は?」

「息子が二人、小学生と中学生です」

問いかけに応じる女性を見ながら、久枝はゆりの顔を思い浮かべた。

夫に車を売りにきた自動車会社のセールスマンの相手をしていて、自分にもできると考えたと、女性はセールスの道に入った動機を語った。

「夫はいつも励ましてくれました」

無表情だった女性の顔が、協力してくれる夫をもった幸せに溢れているように見えた。子供が病気のときには、夫が病院に連れて行くのだと女性は言った。

「友人を見ていても、夫の理解がないと働くのは難しいようですね」

中学・高校時代の友人で働くことを諦めた者、仕事仲間で途中で辞めていった者のことなど、女性の口が動き始めた。

「私は娘を夫の両親に預けています。仕事をしながら子供と一緒に暮らすことができる貴女が羨ましいです」

久枝が言うと、女性の口もとがゆるみ、目が笑った。久枝もつい笑った。

最初の一日でパウラはトレーナーに対するセールスマンの警戒心を一掃していた。グループの雰囲気が落ち着いた午後には、セールスマンの間で発言が活発になっていた。セールスの経験を語る者も現れ、身勝手な顧客の機嫌をとる苦労話には共感の笑いが広がった。

早い夕食のテーブルでは、溢れるビールと話題の中に大声が響き、女性も隣の若いセールスマンと語り合っていた。パウラは乾杯のあと、姿を消していた。

久枝は庭に出た。夕日が没したあとに、富士だけが宙に座っていた。山の肩にまといつく天女の衣のような薄紫の雲が見る間に色を落としていった。灌木の刈込みが、かがり火に浮かびあがった。

――心を開くことが人を受け入れることになる。人相手の仕事をするには、まずこちらの心が開かれていなくてはならない。仲間に対しても同様だ。そうしてこそ、車も売れる。

研修の場面とパウラの囁きが、様々に久枝の脳裏に浮かんだ。

――私の研修を高いという者があるが、研修の結果で車一台余計に売れれば、研修費用なんてすべて出る。

セールスマン並みの自信を見せていた。パウラは研修をしたときは、翌期に必ず販売台数をチェックしていた。久枝が知るかぎりでは研修は成功していた。

――結果がなければ、トップは許さない。

パウラの声だった。

久枝は深く息を吸い、目を閉じた。

休み時間に輝いて見えた女性の顔が浮かんだ。自分に与えられなかった幸せ。いや幸運を持っていた。なぜか考えてみたいが、いまではなかった。いまは明日の、将来の仕事を考えねばならない。（自分流の研修とは何だろう）それを考え抜かなければならなかった。頬に冷たいほどの風が流れた。この自然の中で技能の先を考える喜びが、胸の底から湧いていた。間もなく参加者がバーに引き上げ、久枝とパウラはロビーでその一日のセールスマンそれぞれの反応を分析し、翌日の計画を立てることになっていた。久枝は目を開けた。かがり火に浮かぶ闇のはるか先に、さらに黒い富士の影があった。

翌朝の部屋には次々に入ってきた参加者の挨拶の声が響いていた。パウラも明るいオレンジのトレーナーを着て笑顔を見せていた。

昼休み、パウラは久枝をホテルの庭の散歩に誘った。今回のセミナーも成功であろうという期待で、パウラの表情は和んでいた。二人は木々を見ながらゆっくりと歩いた。灌木に覆われて道が細くなるとパウラは久枝を先に通し、道幅が元に戻るとパウラは必ず久枝の右に回ろうとした。ドイツでは中世以来、男性は女性を左にして歩くものだという。騎士は左に差した剣を右手で抜き、女性を守って右の敵と戦うのだと説明した。伝統は仕方がないものと考え、久枝はパウラが好きな方を歩かせた。

ナナカマドが燃えるような色を広げ、芦ノ湖の上に写真のような富士が見えた。

「富士山は最高の山だ」

パウラは目を細め、しばらく見上げた。

南ドイツの古都アウグスブルクの田舎の農家に生まれたとパウラは語り始めた。

「偶然だね。浜田先生と同じ年の生まれだ」

目が遠方を見るように止まった。

「第二次大戦で、浜田先生は湘南の疎開先で皮膚病になったうえ、飢えで死にかけたそうだが、私もひどかった」

北に疎開したが、飢えと母恋しさに逃げ出し、東部戦線から敗走して南下して来るドイツ軍の戦車に乗せてもらい、故郷の村近くまで戻った。一二歳だった。戦いが終わっても食糧難で、じゃがいもと玉ねぎで過ごしたため、いまでも玉ねぎは胃が受けつけない。

戦後、アメリカがドイツの青年のために企画した交換留学生プログラムに応募して、パウラは村を離れた。村を出るのは、神学校に入るために村を離れた青年以来、八〇年ぶりの事件だった。

浜田博士がそうであったようにパウラにとっても、アメリカは荒廃した故国に比べると、豊かで自由で光り輝いていた。アメリカのミネソタ大学で心理学を学び、帰国してミュンヘン大学で経済の博士号を得た。三八歳でドイツの大手航空機メーカーの子会社の社長となったが、一年後に会社の親会社が競合他社に買収された。突然の通知でクビになったのは、クリスマス前の二三日のこと。家族にも言えず、事実を隠して正月を過ごした。

「結果的には組織に頼らず生きる道を探すことになった。人は孤立してはいけない。どんな場合でも人とのつながりを保って生きる方法を、人々に広めようと思った」

一人のクライエントもないまま、〈コンタクト〉を設立したとき、パウラの心は雲の上に抜きん出る富士のようだった。

故郷にいたころにひと目ぼれした一歳下のロシーナには、アメリカからラジオ放送で求婚した。ミネソタの放送局が、外国人が故郷の家族に放送で安否を知らせる番組を企画していたのを、これ幸いとパウラは応募した。

「故郷には重要な番組に出るからと知らせておいた」

家族や友人とラジオを囲んでいたロシーナは、引っ込みがつかなくなった。

「通信代もただだ」

パウラの髭が愉快そうに揺れた。

「妻とよい関係を持つことは、仕事が上手くいくことと同様に大切だ」

男女三人の子供は独立し、大口のクライエントが拠点を置くハンブルク郊外に家を建て、妻に〈コンタクト〉の管理一切を任せていた。

「ロシーナは、顧客管理・経理の一切を仕切り、従業員として給料を得る。満足しているよ」

最近のパウラは、大西洋ばかりでなく、太平洋を渡ることになり、家で過ごす日は少なくなった。

「この研修が終わったら健康と休暇を兼ねて、ロシーナとスイスアルプスのホテルに泊まってダイエット目的のセミナーに参加する。ロシーナは楽しみにしているよ」

広がり始めた雲の影が地上を波のように走った。肩がすっと冷え、富士も表情を変えたように暗くなった。午後のセッションが近かった。二人は足を速めホテルに向かった。

午後の短いセッションが終わると、セールスマンたちはそれぞれに磨きあげた高級車に斜めの夕日を反射させながら出て行った。久枝は一人ひとりの表情を見ながら送り出した。

最後の車が紅葉の蔭に去っていくと、今回も無事に終わったという安堵が胸の奥から込み上げてきた。しかし、そのあとをすぐ追うように、ひと筋縄ではいかない男性相手の研修をどのように進めたものかと、今度は大きな雲が覆ってくるような感覚が久枝の中に広がった。その雲の中に小さく、特に暗い塊があった。それは大きな雲と異なり鋭く、どのようにでも広がるもので、久枝の努力で除くことができるものではないように思われた。

夏のはじめ久枝はハンブルクにいた。街は緑の中に輝いていた。

——数日空けておくから、いちど訪ねて来ないか?

前の秋、パウラはそう言い残して成田を発った。ハンブルクは北ドイツの主要都市で、化成品や保険などの多国籍企業が本拠地を置いていた。パウラのビジネスを見ておきたい気持ちに加えて、学生時代から興味があったハンザ同盟の諸都市をついでにめぐる考えが久枝を捕え、さらに、冷戦の前線でもあるエルベ川も眺めたいと、久枝は休暇を計画する嬉しさに心を弾ませたのだった。

ハンブルク市の中心に広がるアルスター湖沿いに走るタクシーの窓から、美しい建物群の上にゴシック様式の荘厳なカテドラルの尖塔がそびえるのが見えた。

「立派なホテルね」

建物の一つに目を留めた久枝に運転手は、そのホテルが日本資本に買収されようとしていて、反対運動が起きていると説明した。バブルマネーが向かう先は、ニューヨークばかりではなかったのだと久枝は苦笑した。

都心を過ぎて間もなく、タクシーは林の中の平地に住宅が点在する場所に入った。そのうちの一軒の家の木の門柱にパウラの住所が刻まれていた。見通すと、木々の間に伸びる小道の先に、傾斜した屋根を持つ木造家が覗いていた。小道の両側には、日本で見かけるスミレ、チューリップ、ユリ、スイセンなどが咲き乱れ、リスが小走りに横切り、木にかけた巣箱には雛鳥らしい頭が見えた。

満開のバラが地面を這う玄関に、ロシーナがエプロンのまま満面の笑みで現れた。黒髪が豊かで、背が高く、がっしりした肩はいかにもゲルマン系という印象で、黒に近い茶色の少女のような瞳で久枝を見つめると太い腕で抱きしめた。

「マイケルは夕方帰ります」

ロシーナは久枝の手を引くように家に入った。取っつきは柱も床も木製の広い居間で、大きな壺に花が溢れ、中心の大きな暖炉の傍らに古い大きな安楽椅子が置かれていた。他の椅子と形の異なるその椅子にかけるパウラの姿を、久枝は頭に描いた。

隣は清潔なキッチンで、花を差した窓際には緑の格子模様のカーテンが揺れ、大型の冷蔵庫をはじめ、オーブンや電気製品が並び、磨き上げた鍋が光っていた。出窓から覗くと、庭先に置かれた低い物干しのフキンが陽を浴びて、地面のヒヤシンスやパンジーに触れんばかりに揺れていた。

「すばらしいお宅ね」

わずかな単語をつないだドイツ語で久枝は言った。

「ありがとう」

ロシーナは、いまが季節だという白いアスパラガスとソーセージを手早く料理すると、皿をキッチンの一角に置いた小さなテーブルに載せた。

「最高に贅沢な気分よ」

ビールで乾杯して微笑み合うと、久枝は言った。退職したあとも勤務地だったドイツに白いアスパラガスを食べに戻るという元外交官を久枝は思い出していた。

「この生活を感謝しなくてはいけないのでしょうね」

おぼつかない英語でロシーナは言った。

ロシーナは、一六世紀に宗教論議のあと結ばれたアウグスブルクの和議の舞台だった古都アウグスブルクで生まれ育ち、ミュンヘン大学を出たのち、中学の教師をしていた。はじめは企業に勤めていたパウラを支えながら子供を育てていたが、パウラは独立後、主要な顧客のいる北ドイツのハンブルクに居を移した。故郷と中学教師の職を捨てなければならなかったロシーナとパウラの間で、そのとき激しい争いがあった。

「教えていた生徒のその後がまだ気になるの。自分の子供に対するものとは違う、なんというか、仕事に対する責任感が私の生き甲斐だったんだと思うことがあるわ」

いつの間にかロシーナはドイツ語になっていた。

「ハンブルクは活気のある豊かな都市だし、子供も育ったし、おおぜい友人はいるけど、〝これが私だ〟って言えることをできなかった。何か一生、マイケルに譲ってばかりきたような気がしてね」

ロッシーナはほっと溜息をついた。

「いまの仕事は、マイケルのスケジュール管理、入金の確認、督促……。いやではないけど、好きなことじゃないわ」

ロシーナは昔を思い出すような目をした。

「いちど本当に腹が立ったことがあるの。研修が上手くいったらしくて、意気揚々と帰って来て、私に講釈を始めたの。曰く、〝人生とは、家庭とは、徳とは……〟って。私、出ていこうかと思った」

ロシーナの額に筋が入った。胸の底から湧き上がる怒りには久枝にも覚えがあった。

「夫のどこに威張る根拠があるの」

キッチンに一緒に立ち、皿を拭きながらロシーナは続けた。

「家庭を壊したくなかったし、マイケルが働けば子供をアメリカで教育することもできた。この家も手に入れた。貧しく育ったマイケルは成功したかったし、成功する能力があることを見せたかったのでしょうね。それがあの人の生き甲斐。でも私には、子供たちがアメリカの大学で教育を受けたことがどれほどのものだったか……。息子は建築家になったけどめったに会わないし、娘もロンドンに行ったきりなの。故郷の親のそばで古い家に住んで、生徒に囲まれて暮らすのと、どちらがよかったか……」

ロシーナはまた遠い目をした。

「まだ教えることはできるでしょう?」

久枝にロシーナは首を振った。

「もう生活が変わったの。学校には戻れない。教会のボランティアも人手不足で、いまさら抜けられない」

案内されたロシーナの事務室は、PCを載せた机とファイルの棚がきちんと片づいていて、いかにも生真面目で、花瓶の花まで義務で咲いているようだった。

「この先はマイケルの書斎」

メゾネット式に半階下った部屋は、大きな窓が庭に面していて、木々の緑が部屋の中に流れ込んでくるようだった。壁には全聴寺の師の書が壁にかかり、鎌倉で手に入れたという大小の仏像がその下に立っていた。

「マイケルは座禅を組むの。私には何のことか分からない。〝禅〟は、日本で人気の東洋哲学なの？」

久枝は、「当たらずとも遠からず」という言葉がドイツ語にあるのだろうかと考えた。

「マイケルはここでは座禅で、日曜は教会よ」

座禅も教会もパウラには自己実現を助けるものだった。

港や市中をめぐり、コンサートを楽しみ、オフィス街でパウラのクライエントを訪ねたりするうちに日は過ぎた。滞在最後の日、久枝はロシーナと、ハンザ同盟の一方の雄、古都リューベックを訪ねた。ホルステン門から塩の倉庫を通り、第二次大戦の戦火による破壊から修復された、北ヨーロッパ随一とされる美しいゴシック様式のカテドラルに入った。

焼け焦げた大鐘が、戦火の記憶として落ちた場所の床に置かれていた。顔を上げた久枝の目に、通常見る古いステンドグラスとは全く異なる美しいガラスの光が飛び込んできた。久枝は全身を打たれたように感じた。第二次大戦のあとに、新しく造られたというそのステンドグラスは、青、赤、緑、黒、黄、濃紺と、これまでヨーロッパのカテドラルで馴染んだ古い色が、はじめて見る配置で壁を埋めていた。下方には各色が様々な形でせめぎ合い、踊り上がり、久枝は仏教の地獄の火を連想した。間違いなくそれは人が焼かれる火、人類が包まれている火だった。業火は上部に向かって燃え上がる。天の慰めを目指してどこまでも昇っていく。上部に小さく飛ぶ赤い色は、ゆりのように感じられた。自分は火に焼かれて下に沈む濃紺だろうか。ステンドグラスが通す光の美しさに久枝は涙が止まらなかった。

おもてに出ると、路上に辻音楽師が弾くバイオリンの音が流れていて、久枝は現実に返った。一八世紀から続いている老舗でマジパンを買い、さらに車を走らせて保養地のトラベミュンデでお茶を飲み、そのまま東に向かってエルベ川を望む小高い丘に着いた。

「向こうが東ドイツね」

久枝は声を上げた。滴るような緑の中に、夕闇が川に浮かぶ船の形を隠し始めていた。

「ハンブルクもすばらしいけど、この眺めも最高ね」

久枝はロシーナに感謝の気持ちを込めて言った。

「マイケルは老後にここに家を建てたいらしいわ」

ロシーナは溜息まじりに言った。

「南が故郷だったのに、マイケルのクライエントのために北に来てしまった……」

故郷にいる母が老いてきていると言うロシーナの声が潤んでいた。

「男には勝つことが人生。〃成功してこそ〃という気持ちがあるのね。女がその気持ちを尊重しなければ、男は能力を発揮できない、幸せになれないということなのかしら」

ロシーナはパウラのことを言っているのだろうか。尚は役員を目指しているのだろうか、誰に遠慮するでもなく、そのために働いているのだろう。

カテドラルのステンドグラスに飛んでいた小さな澄んだ赤と、多色に混じって沈んでいた濃紺が、久枝の脳裏に甦って踊った。あの中に尚はいない。尚は業火に焼かれてはいないだろう。離れていったのは自分なのだから。久枝の目に涙がにじんでいた。

翌日、久枝はハンブルク空港に向かった。

「浜田教室ＯＢグループで会社を創って、日本で研修事業を始めてはどうだろう。久枝ならやれるよ」

フランクフルト行きの便を待つ間、急に真面目な顔になってパウラが言った。その声に、「パウラから学べ」と言った浜田博士の言葉が重なって久枝の頭に響いた。

パウラとの共同事業に久枝は魅力を覚えた。その会社にしっかりした事務局があれば、〈オフィス51〉との両立ができる。パウラはアジアを含めた企業トップのコンサルタント業務に集中し、シニアクラスの研修を久枝が担当する。女子社員の研修しか任されない日本企業の研修を減らし、香港などで中堅の女性社員向けの研修の経験を積めば、外国企業のトップクラスの相手も視野に入ってくるだろうと久枝は見通した。

敏夫と薫も誘いたいと思った。二人とも気心が知れていて、実力もあった。敏夫の事業は上手くいっていた。バブル経済が始まり、パイロットの訓練は盛況だった。一方で、いずれ訪れる高齢化社会を踏まえたセミナーを、薫の手で加えれば、グループの多様性が増すだろう。なにより薫の人を思いやる優しさは、いつ触れても気持ちが休まるもので、薫が参加することで会社はまとまるだろうと久枝は考えていた。

「申し訳ないけど、私は終末医療に取り組みたいの。なぜか私、小さいときからお年寄りや死ぬことに興味があったのだけど、トーマス先生に会って決心したの」

肩を落とす久枝を見た薫は恐縮したように言った。

パースの学校で薫が師事したミス・トーマスは、終末医療の先駆者だった。浜田博士が亡くなって間もなく、薫は加奈病院が相模原に計画している終末医療施設の設立に関わるよう、加奈病院の院長から誘われていた。

「その終末医療の施設、〈ピースハウス〉の設立の話なんだけど、ミス・トーマスにも相談して、受けることにしたの。久枝にはビジネスで頑張ってほしいわ。パウラとの会社設立には協力するから」

「僕は辞退する」

敏夫は言下に断った。

「パウラと僕は世界が違うよ。彼は世界を股にかけているが、いつもリスクを背負って闘って、それを楽しめる人間だ。僕は、リスクは取れない。低くても間違いない収入を得て、安心して暮らしたいんだ」

白血病の次女は亡くなり、妻は寂しさを慰めたいと犬を飼い始めた。長女は千葉県の自宅から二時間かけて都心の中学に通っている。これまでの治療費に加え、学費も結構な支出であった。冒険はできなかった。

「パウラが日本で事業をやるなら、日本人の渉外役がいるだろう。いいのがいるよ」

敏夫は、大学時代の友人の福田昇を紹介すると言った。

「組織が合わないやつで、自分で会社を起こしてやってる。いわば〝何でも屋〟だ」

昇の亡くなった父は、有名なハイテク企業の技術最高責任者だった人で、昇は幼稚舎から大学まで苦労なしで育ったと敏夫は言った。一族も優秀で、従兄弟二人が相次いでそのハイテク企業の社長を務め、現在、その一人が経営者団体の会長になっていた。

父親の人脈、機械好きの性分、加えて、文化・文芸・芸術にまでおよぶ雑学で、昇は中小企業のコンサルタントや技術翻訳など様々なことをして陽気に暮らしていた。北鎌倉に自宅があり、妻は神奈川県の有名女子大学を出て、短大で美術を教えていた。子供はなかった。

「僕とは育ちが違うから、多少は気まぐれかもしれないが、彼ならパウラの相手ができる。いいやつだよ」

敏夫は笑った。

敏夫に紹介された昇に会うため、久枝は薫と連れ立って神田の司町にあるビルを訪れた。戦後に建ったビルは、七階建ての巨大なコンクリートの塊だった。各階とも小さい部屋が一列に並び、五階の一室のドアの横には、〈ニューエンジニアリングＫＫ〉と昇の会社の看板が出ていた。

ベルを押すと、足音とともに静かにドアが開き、中肉中背の昇が、グレイのズボンに、古いが、いかにも上質の薄手の青い革のジャンパーを着て立っていた。髪は黒々として、たるみが見える頬に少年のような黒目が優しく、丁寧な笑顔で二人を招き入れた。

狭く薄暗い廊下から室内に入ると、突然明るい空間がひらけた。室内は五〇平方メートルほどのワンルームで、幅いっぱいに窓があり、隣の敷地の銀杏の梢が秋を迎える色を見せていた。

昇が丁重に差し出した名刺は、同業グループや小・中・高・大学の同窓会、趣味のクラブなどの幹事役の肩書で埋められていた。名刺を受け取りながら、久枝と薫は顔を見合わせた。

「こんなに引き受けたら、仕事をする時間がないでしょう」

薫の言葉に、昇は恵比寿様のようにふくよかな笑顔を見せた。

「それがそうでもないの。助けてくれる人が多くてね」

部屋の中央には多種多様の機械や道具を載せた長い大きな机があった。製品改良のアドバイス、加工場の紹介、さらには特許取得の代行から英文文献の翻訳まで手伝うのだと昇は言った。

「これは計量機械の部品の一種で、どうしても精度が出ないと言うんで、カメラの技術を応用するようアドバイスをして造った試作品です。上手くいけばかなりの技術料になる」

台に置いてあった小さな部品を手のひらに載せて見せた。

「これでも日本のものづくりに貢献しているつもりです」

日本は大企業と中小の技術格差が大きく、上下関係になっているのが問題だと言いながら、昇は部品をそっと台に戻した。壁際に置かれた細いテーブルの上には、コンピューター、ファクス、コピー機、電話、用紙、技術書、辞書、会計書などが山のように積まれ、薫と久枝が感心して眺めていると、昇はドアのそばの小さなキッチンで手早くコーヒーを淹れて、カップを二人の前に置いた。

「古いミントンね。すてき」

薫がカップのソーサーを掲げて裏を見て言った。

「女房が置いていったんですよ」

昇は目を細めた。

「奥様は協力的でいらっしゃるのね」

感心したように言う薫に、昇は楽しそうに笑った。

「あいつははじめに来たきりで、その後ここを覗きもしませんよ。もっとも、私もあいつの美術は分かりませんがね」

パウラのことは、浜田博士を通じて知っていると昇は言った。

「研修はいいビジネスだと思いますよ」

自分用にフランスのセーブル窯のカップに湯を注ぎ、紅茶のティーバッグを取り出しながら昇は言った。

「日本も人を組織的・理論的に育てなければならない時代です。特にいまのようにホワイトカラーの生産性が、アメリカにひどく劣るようでは経済の発展が望めない。研修は時代の要請だ。やりましょう！」


昇が会社設立の手続きを着々と進め、新会社は一〇月に発足した。社名は、〈マイケル・パウラ&パートナーズ〉となった。資本金の総額三〇〇万円で、パウラが二分の一、昇、久枝、薫がそれぞれ五〇万円を出した。実際の研修はパウラと久枝が行い、クライエントやスケジュールの管理、それに経理を昇が担当し、薫をアドバイザーとした。本社は昇の事務所内に置いた。事務所のドアに掲げている〈ニューエンジニアリングＫＫ〉の下に、新しく〈マイケル・パウラ&パートナーズ〉の社名が掲げられた。

「〝大天使聖ミカエル〟つまり、〝マイケルの御守護あり〟か。大した名前だ！」

数歩離れて看板を眺め、昇は一人悦に入っていた。

〈マイケル・パウラ&パートナーズ〉は順調に滑り出した。外資系の会社からの研修依頼は引きも切らず、季節ごとに来日するパウラの手帳は週末まで埋まり、昇は企業との契約交渉やスケジュール調整から、代金の回収、税金の計算と忙しかった。〈コンタクト〉は在日ドイツ商工会議所の会員となり、パウラは会議所の依頼で日本企業に講演に出かけることもあった。

パウラは日本に滞在する最後の日には、久枝に同道を頼んで〈ホテルオークラ〉のアーケードにある本屋に寄り、自分とクライエントのために日本文化や美術の書籍を買い入れ、秋には富士山のカレンダーを大量に注文した。それから小物を置いた店で、ロシーナと娘にスカーフや小さなアクセサリーを選んだ。何かの記念日でもあると〈ミキモト〉に寄り、「一回余計にセミナーか……」と溜息を漏らした。留守の代償のような真珠をロシーナは心から喜ぶのだろうか。パウラの品選びの相手をしながら、久枝は受け取る妻の顔を想像していた。

買い物のあと、パウラは箱崎にある常宿のホテルに戻り、レストランに浜田グループを集めて食事をした。浜田博士の未亡人にはいつも声をかけ、たまに夫人が現れると心から歓迎した。仲間に囲まれるパウラは顔じゅうが笑みで、仕事の話は一切なかった。

「食事が厳重に管理され、一日中、決まった運動をさせられる。腹も引っ込んだし、全身調子がいい」

パウラは両肘を引いて見せた。スイスの山岳地帯で開かれた一週間の健康ワークショップにロシーナと参加したことを語るパウラの口調は、家族のために過ごした満足感が溢れていた。健康管理の高名な専門家が主催するダイエットセミナー、旅行を兼ねたこの種のワークショップがヨーロッパでは人気だった。参加者は美しい景色と澄んだ空気のもとで、計算された食事を摂り、山の斜面を歩くのである。

「減量は禅式の方が優れていると思うけど、ロシーナは禅に馴染みがなくてね」

パウラは日本では鎌倉の全聴寺に通って座禅を組み、その間は肉と油を絶っていた。

「朝から野菜を食べるとか、魚中心の食事とか、僕らには当たり前のことですがね。それくらいで何もスイスだの全聴寺だのということはないのに」

昇は愉快そうに笑ったが、パウラは賛同されたと考えたらしく、顔じゅうをほころばせて続けた。

「ただし、仕事に戻ったら体はすぐに元に戻ってしまったよ」

昇がまたニヤリとした。

「パウラセミナーと同じですね。セミナーで精神のあり方を変える研修をしても、その後、日常的に実行しなければ忘れてしまう。続けなければ元の木阿弥だから、またパウラの出番があるというわけだ。こちらのセミナーで稼いで、あちらの健康ワークショップに払えば、おあいこだ」

パウラは聞いていなかった。

「ロシーナは膝を痛めてこのところ、元気がない。〈コンタクト〉だけでじっとしていればいいのに、教会のボランティアや地域の子供の指導なんかで走り回っている。孫の面倒も見るし、オーバーワークだ」

そう言いながらもパウラは愉快そうだった。ロシーナの膝のことも深刻には受けとめてはいない。ロシーナも自分同様頑強で、いつも家を守っていると信じているパウラを久枝は眺めた。


お茶ノ水の事務所前の通りにマロニエが咲いた。

「ひさしぶりで食事をしない?」

久枝に薫から電話がかかってきた。〈ピースハウス〉の建設が始まり、多忙の中ようやく休みがとれたと薫は言った。秋に実施した研修のあとで食事をして以来、二人は会っていなかった。

「本郷に〈谷間の百合〉というレストランがあるの。飾ってある絵が好きなの。バルザックとは関係ないのよ」

古い民家をレストランにしてあるのだという。久枝の知らない店だったが、事務所の窓先にマロニエの赤い色が揺れているのを目に入れながら、久枝は弾んだ声で返事をした。

週末の昼前、夏ウールのベージュのスカートに赤いジャケットをはおり、久枝は明るい陽の中を軽い足どりで本郷三丁目に向かった。地下鉄の駅を出てしばらく歩くと、道路の両側に古い木造住宅が数軒集まっている一角があった。その中に道路の端まで根を張った大きな楠が枝を広げている瓦屋根の一軒があり、〈谷間の百合〉と木の看板がかかっていた。昔の屋敷の玄関がそのままロビーになっていて、廊下を辿ると広い庭が目を射るほど明るくひらけた。その庭に面して、座敷をつないでつくったダイニングルームがあり、奥のテーブルに薫がうすい青のワンピース姿で微笑んでいた。

黒に蝶ネクタイのボーイが、メニューを抱えて近寄ってきた。

久枝はシェリー酒を頼み、薫は微笑んで首を振った。

「どうして終末医療に興味をもったの？」

初夏のイメージだというカツオのたたきをアレンジしたアミューズがくると、久枝はあらためて薫に聞いた。

「さあ」

首をかしげるように笑った薫は、まっすぐに久枝を見た。

「浜田先生のところで老人の心理に関心をもって、それが自然に人生最期の心理への興味になっていったの。ミス・トーマスに会って、〝これが私の天職だ！〟って思ったし、その考えが揺らいだこともないわ」

「ご両親は賛成なさったの？」

薫が一人娘だったことを思って久枝は聞いた。

「両親？　そうね、特に父は、私が普通に結婚して孫を見せてくれることを望んでたわ。私はほんとうに親不孝をしちゃって……」

薫は笑顔をつくったが、表情とは裏腹に目が少し潤んでいた。薫もやりたいことをして家族を傷つけていた。

しばらく〈ピースハウス〉の建設の話が続いた。薫は動けない患者のための様々な看護器具の購入には北欧の製品を選びたいが、アメリカ製品を入れるよう圧力があると言い、庭に目をやった。色白の薫の肌が陽を受けてまぶしい緑を映すように青く見えるのを、久枝は美しいと見つめた。

「でも、なにより大変なのは人材の育成ね」

薫の頰が熱を帯びたようになった。

「人の死を見たこともない若い子が、日一日と弱っていく老人の面倒を見て、最後に看取る仕事でしょう。死と向き合うのに、何を精神の支えにするかということなの」

高校のころ、クラブ活動で薫と二人で重い舞台装置を運んだとき、久枝の肩を心配していた薫の顔を久枝は思い出した。実際に肩を痛めたのは薫で、そのあと数日学校を休んだ。

人の優しさの程度は、生まれつき決まっているのかもしれない。薫の優しさには死を受け容れる強さがあるが、それは教育で養えるものだろうか。そんな疑問が湧いて、久枝は庭に目を移した。

庭は中央に池を置いた伝統的な回遊式で、周囲の鬱蒼とした木々が完全に隣家を隠していた。藤の花が終わり、池に突き出た小島に生える五葉松があざやかで、さらに池の縁から伸びる小道に沿って百合の花の白さが浮き立って見えた。レストランの名前の由来かと思い、久枝は目を凝らした。木の下に、石の蔭にと、百合は各所に植えてあった。百合一つひとつが、久枝にはゆりの顔に思えた。

この春、ゆりは地元の中学に入学した。小学校低学年から高学年に、さらに中学生になるまでの間、どのようにゆりを引き取ったものかという考えが、久枝の頭から離れたことがなかった。先週も週末に大磯を訪ねていた。

久枝を見るとゆりは嬉しそうな顔をするときもあれば、不機嫌に黙り込んでしまうときもあった。ゆりの顔つきを気にした義母が、「せっかくお母さんが来たのに」と咎めると、ゆりはふくれて祖母に抱きついていった。

祖母に「宿題をしなさい」と促されて机に向かったゆりは、久枝が「見てあげようか」と言っても首を振った。久枝自身が幼いころ好きだった、ファーブル、イソップ、『ロビンソン・クルーソー』、『西遊記』などの本を与えても開いた形跡はなく、読み聞かせようとしても逃げてしまった。静かだと思うと、ノートにリボンやフリルをつけた目の大きな女の子を描いていた。はじめから一緒に暮らしていれば、それなりの形があったかもしれない。いま、久枝がゆりを引き取ることにたとえ義父母が同意したとしても、ゆりが新しい生活を受け容れて落ち着くことができるだろうかという不安が久枝にはあった。

横浜に用意したゆりの部屋――。久枝が思い描いた生活の中では、ゆりは窓際に置いた机で本を読み、久枝の帰りを待ちわび、帰りに買ってきたゆりの好物のヒラメに塩を振りながら問いに応じていれば、学校でほめられた話、あるいは友人とのいさかいに意見を求めたり、教師の意見に対する反論や、久枝の研修の様子にいたるまで聞いてくるのだった。本棚を埋める画集や歴史書は、週末の母娘の尽きない話題だった。生活が安定して以来、久枝が繰り返し見る夢だった。

――女の子ですよ。

ゆりを産んだ日、その声がどれほど嬉しく響いたことか。元気で聡明な女の子、どのようにも教育して、ともに伸びていく間柄でいたい。次のより自由な時代に、互いに語り合える若く身近な女性を持てることは、なんと幸せなことだろう。両手のひらに入りそうな小さな小さな命に、どんなに明るい夢をかけたことか。ゆりを守るためなら何をかけてもよかった。そのゆりとどこで互いの感情がすれ違ってしまったのだろう。

少女になったゆりは反抗も自己主張もせず、大人の話を素直に聞いた。息子ばかりを育てた義父母は、一世代おいたゆりにも息子たち世代の女の子がもつ従順さを期待していた。素直で受け身のゆりは、この上なくいい子だった。

久枝ならば、ゆりに現代の女性の自主性を植えつけただろう。それはゆりにとって自然だったろうか。自主的に動けば社会と衝突する。特に差別されやすい女性が自我を通そうとすれば、結果的に生じた犠牲の処理に苦しむ。犠牲を処理する能力は教えられるものではなく、生まれつきに備わるもののように久枝には思われた。ゆりにその能力がないとすれば、なまじ自己意識を教えないほうが幸せかもしれなかった。

（ゆりにとっては、このまま義父母のもとで育った方がいいのかもしれない）久枝の胸を耐えがたいほどの痛みがえぐった。それは自分を否定されたような息苦しさで久枝を締めつけた。

そんなことをぼんやり考えていた久枝には、レストランの庭のあちこちに散る百合の白さが、一気に自分を圧倒しているように感じられて目を閉じた。

「ね、久枝。秋葉原に近いところにある中学校で、生徒の話し相手になる人を探しているんだけど、月に一度でもいいから、久枝が引き受けてくれないかしら？」

知人の子供が通う横浜の中学に不登校直前の子が数人いると、薫は切り出した。先生は忙しくて相手ができず、学業とは無関係に子供の様子を見てほしいのだと薫は言った。

「ボランティア同然よ。でも久枝の知性と善意を見込んでいるの」

「〃知性〃ね」

久枝は苦笑したが、ゆりと同じ年頃だということが頭にあった。「考えてみる」と久枝は答えた。

デザートが終わると、絵を見せたいと薫は席を立ち、ダイニングの奥の広い廊下を通って、客だまりの部屋に入った。

部屋は数脚の椅子を置いただけの空間だったが、薫のあとを追った久枝の目に、正面にかかった一〇〇号の絵の刺すような色彩が飛び込んできた。ひと目で花田吉江の作品であるのが明らかな絵は、木々の間にオレンジ色の情熱が渦巻き、周囲の緑を焼いて墨の黒に変えるかのように燃え上がっていた。この情熱は夫の才能に対する憧憬《しょうけい》か、人格に対する軽蔑か、あるいはその両方が入り混じった自身への哀歓か、いずれにしても激しい人生への情熱だった。しばらく久枝は立ちすくんだ。間違いなくこの火が自分にもあった。それでもその火は、ゆりを手放した気持ちのかげりに覆われて熱も輝きも失っていったのだ。

外の光が動き、絵も穏やかな色に変わった。誰もいないかのように静かだった。

「女性のエネルギーをこんなに美しく表現できるのは、すばらしいことね」

薫の穏やかな声がした。薫は部屋の入り口の壁にかかる五〇号の風景画の前に立っていた。絵は青と緑の点描で埋められ、見方によって広い海とも天とも取れた。

（薫はどんな情熱を抱いているだろうか）久枝は思った。

「今年も無事に終わりそうだし、いちど集まろう」

一二月に入って久枝は敏夫から電話を受けた。場所は、敏夫が学生時代によく行ったという東京駅そばのホテルの喫茶バーだった。

薫が東京に出てくる日に合わせ、月半ばの金曜日の暮れどき、久枝は八重洲口の国際観光ホテルにでかけた。陽が落ちた駅前は、湧き上がるような活気と電光に包まれていた。

駅を出てすぐに見えるホテルのバーに入ると、奥のテーブルにグレイにオレンジのストライプが入った薄手のウールシャツ姿の昇が、ウイスキーグラスを前に座っていた。久枝をみとめると「やあ」と言ったが、いつもの陽気さはなかった。

久枝がコーヒーを頼むと、昇は脇に置いていたグレイのジャケットのポケットから無造作に突っ込んでいた手紙を取り出して久枝に見せた。

「なんとパウラさんは文書作成費用も見積もりに入れていたのね」

久枝は低く声をあげた。

「この間のプリンスホテルのものだ」

昇はウイスキーに口をつけた。

一か月前に、パウラと久枝は大磯でドイツの保険会社のトップのためのセミナーを二日間実施していた。日本側とドイツ側の経営者は最後に固い握手で別れ、パウラも機嫌がよかった。

〈契約書に入っていた文書と議事録が提出されていない。契約違反であり、相互の信頼を損なうものである〉と手紙には書かれていた。

これまでは昇が文書を作成して先方に送り、受け取ったセミナーの報酬から経費を取っていて、客に作成費を請求するようにはしていなかった。さらに、いつもは目を通す契約書を、昇は今回たまたま見ていなかった。

「コミュニケーション専門家内部のコミュニケーションミスね」

久枝は手紙を昇に返して言った。手落ちさえも楽しむいつもの笑いを昇は見せなかった。昇の事業に何かあったのだろうかという不安が久枝の胸をよぎった。

ちょうどそのとき、敏夫が薫と現れた。

「そこで顔を合わせたんだ」

そう言いながらジャケットを脱いだ敏夫の腰はまた大きくなっていて、赤の格子が入った開襟シャツのボタンもはち切れそうだった。薫は紫のワンピース姿で、紺のジャケットを持っていた。

ビールで乾杯すると、敏夫はさっそく昇に聞いた。

「パウラの仕事は上手くいっているの?」

東西ドイツの統合とともに西側の企業は東へと拡大しつつあった。クライエントの発展とともにパウラの仕事は、ポーランド、チェコへと広がり始めていた。パウラのカレンダーは翌年まで埋まり、個人顧客の相談には車の移動中や週末に応じていた。

「コンコルドに乗ったと嬉しそうだったよ。〝一時間で大西洋を越えると、体の感覚というか、時間の感覚というか、何か調子がおかしい、人間的でないね〟なんて言ってる」

昇はウイスキーのお代わりを注文をした。

「トレーナーとしてヨーロッパ随一の高給取りだと自慢している。年俸では八〇〇〇万円を超えるらしい。アメリカだとたくさん一億円プレーヤーがいるが、ヨーロッパではそこまではいかない」

「すごいな」

敏夫が首を振った。

「それでも大企業経営者のような高額の報酬は望めない。だから、パウラは経営者の心理コンサルで多額の金をふんだくって憂さ晴らしをしているんだよ」

昇の解説に、「全くだ」と敏夫の大きな笑い声が上がった。

「少し意地悪すぎる見方ね。でもパウラさんはどこまで望んでいるのかしら」

薫は首をかしげた。

「パウラは日本でも稼いでるよ」

久枝は昇の声を遠くに聞いていた。この一年、久枝の報酬は三〇〇〇万円に近づいていた。

パウラのように、気持ちを安定させるために短い時間に高額の小切手を切る男性の客を得ることがありえないとすれば、この職業でこれ以上に報酬が増えることは望めなかった。

仲間のさざめきとその周りの騒音の中に、久枝はゆりの泣き声を聞いたような気がしていた。焼き芋を手にして泣きやんだゆり。ゆりに不自由はさせないと激しく思った日。誰にも遠慮なく暮らし、ゆりを養う実力を得たいま、これ以上に高い報酬は必要なかった。必要なのはゆりの心だった。

敏夫はくすんだ壁や埃で黒ずんだシャンデリアをしきりに眺めていた。

「このホテルも建て替えだよ。何事も時代を読まなきゃ駄目だ」

ビールを飲み干しながら敏夫は、自分の言葉を確かめるかのようにうなずいていた。仲間と三人で独立して以来、手術室の危機管理、薬剤室の危機管理と、次々に発表するプログラムが好調で、ついでに病院の危機管理も出そうかと張り切っている敏夫の口は、経済評論家のようになめらかだった。

「パウラがビジネスに人格を重んじることは尊敬している。でも、人格や文化を正面に打ち出すトップセミナーは時代遅れだよ。経済のグローバル化の速度は速すぎて、人格教育の成果を待っていたら競争に後れを取るよ」

聖書も禅も、つまりは文化にくるんだビジネスの道具。イスラムが競争に入ってくればコーランを出してくるだろう。パウラは『三国志』の英雄も使っていた。セミナーの参加者は高級人間になった心地で握手をしても、高い受講料の前には目が覚める。

セミナーが終わったあとのパウラは、個性と自我が衝突し、葛藤が渦巻く中から、参加者の間に新しい共同意識が芽生え、展開していった過程を、いつも一人で反芻《はんすう》していた。その表情には、まるで一つの作品が形をなしていくのを愛でているような陶酔感があった。だが、そこに、パウラとクライエントとの間の関心のずれがあることは久枝も気づいていた。

ケーススタディやロールプレイなど、中堅社員の研修に人気がある手法を、パウラは一顧だにしなかった。新しい統計や運動を取り入れたものも受けつけなかった。「ビジネスは精神哲学」なのだった。

「長年の成功でパウラ自身、己の力に酔うところがあるね。日本でいつまでそれが続くかだ」

敏夫が断定するように言った。

「このところ何もかも値上げで、クライエントのコスト意識は確かに上がってきている」

昇が言った。

——「高い」が、いいです。

額が高いという声に、パウラは研修の質が違うのだからと胸を張り、契約をまとめる昇は口をゆがめていた。

「中小企業では、土地のめちゃくちゃな値上がりで、まともな仕事で稼ぐことが馬鹿らしくなっている」

最近、昇の主要な顧客三社は業績不振が続いていて、〈ニューエンジニアリングＫＫ〉への注文も減っていた。

「〈ピースハウス〉も、機材の値上がりで困っているの」

薫も口を挟んだ。

「でも、それはそうとして、〈ピースハウス〉も訪ねてくださいね」

マンションのローンを先月払い終えていたと思い返していた久枝に薫の声が聞こえた。


三月中旬の晴れた日、敏夫の運転する車で久枝は早朝の東海道を〈ピースハウス〉に向かっていた。左に駿河湾、右には松の上に富士を望んで快適なドライブが続き、やがて二宮から内陸に向かうと、遠くの沙羅の林が、風とともに身をひるがえすように白く青く揺れて流れていった。熱海の梅園の花は終わったと聞いていたが、桜の開花にはまだしばらくかかりそうだと久枝は窓の外を見ていた。やがて農道を幅広くしたような道へと右折すると、ひと気のない畑や林が広がり、左手にはゴルフコースの垣根があり、林と垣根の間の道が坂になって上っていた。垣根に沿って曲がりながら車を進めると、右に低層の瀟洒な建物が見えてきた。あたりは他に家屋もなく、これが目的地であろうと近づくと、広い門を入った正面に別世界の入り口を示すかのような大きな花壇が目に入った。花壇の裾は白妙菊の白が靄をかけたように柔らかで、中心に向かって、黄、ピンク、紫の花が小高く盛り上がっている。歩くほどの速さで車は徐行して花壇をめぐり、玄関の車寄せにつけた。

ピンクの上張《うわつぱ》りを着た薫に迎えられ、建物の中に入ると、正面に受付、左に事務室、右手に大きなアトリウム、奥に個室が並んでいるのが見えた。インテリアは木製で、多くの植物が置かれ、患者の作品だという絵が飾られていた。円形に吹き抜けた明るいアトリウムを囲むように、二階には会議室や研修室など多くの部屋があった。

パースで学んだ恩師のミス・トーマスが、たまたまナースのための講演に来ていると言って、薫は弾むような足どりで二人を院長室に案内した。他の部屋と変わらない簡素な部屋に入ると、被り物から靴下まで白一色のミス・トーマスがにこやかに立ち上がった。還暦を迎えると思われる年頃で、上背のあるがっしりした体軀ながら、表情は柔和そのもので、灰色の目にこぼれるような笑顔を見せた。〈ピースハウス〉に着いたときから顔を硬くしていた敏夫も、つい手を差し出して笑った。久枝は、なによりミス・トーマスから漂う張りつめたような清潔感に圧倒された。ただの清潔さではない、「清潔」の概念が人の形で立っているのだった。半生をプロとして精進した結果かと、久枝は溜息をつく思いで眺めた。

一階のアトリウムの先には入所者のための施設が並んでいた。北欧製の様々な介護機器、浴室、美容室、その先には患者の個室、いずれも色とりどりのカーテンやベッドカバーに覆われ、家庭の寝室のようで、家族が泊まるための二室続きの部屋もあった。各部屋の庭先にはスイセンが咲き乱れ、遠景の林を背に並ぶ白樺が濡れたような新緑を見せていた。

「入退出は自由です。家に帰りたければ帰ることもできるの。受け入れられるのは一〇人だけど、まだホスピスは知られていなくて、いまは半分が空いています」

介護はチームで対応するのだと薫は言った。人の命は分からないもので、駄目だと思われた人が回復したり、大丈夫だと思った人が突然亡くなったりする。命は医療や看護だけでは守れないという考えから、僧侶や牧師を招くこともでき、音楽室や図書室も整っていた。

廊下の突き当たりには、グランドピアノが置かれ、壁に絵がかけられた多目的ホールがあった。正面の窓からは、息を呑むほどに整った富士が見え、白樺の幹の白さが浮き立っていた。

「富士には何でも似合うのね。月見草でなくても」

久枝は思わずつぶやいた。

「亡くなる人の死に顔が安らかであることが私の願いです。安らかな死を見ると、死は休息だと思えるの」

音楽室の前を通り、事務室に戻りながら薫が言った。

広く開いた窓から見える芝生が林まで続き、何人もの人がつば広の帽子を被って草木の手入れをしていた。

「こんなに手を尽くさなければ、人は死ねないのかしらね」

久枝の口から溜息が漏れた。

帰りの道路は空《す》いていた。仕事と家庭をいつも茶化しては陽気な敏夫が静かだった。

「薫さんは立派だよ。あんな人もいるんだね」

敏夫がつぶやいた。

「敏夫さんは〈ピースハウス〉に入るの？」

考えもなく久枝は聞いた。

「いや」

はっきり声がした。

「あんな高いところは払えないよ。それに、僕は死ぬのはイヤじゃない。どこで死んでもいいよ……。死ねばあの子に会えるからね」

（七つで亡くなった次女のことだ）久枝は胸が詰まった。次女を亡くしたときの敏夫の嘆き、悲しみようは見ていられなかったと、薫が話していたのを久枝は思い出した。

――娘さんが危なくなったころは、敏夫さん、耐えられなくて、よく泣いていたのよ。

敏夫から幾度も手紙が来たが、返事の書きようも、慰めようもなかったと薫は言っていた。

調子いいだけだと思っていた敏夫に、久枝ははじめて深い共感を覚えて、窓の外に目をやった。行きに見たのと同じ沙羅の並木が、葉裏を波打たせてうねっていた。


一二月はじめ、パウラグループが箱崎のホテルに集まったとき、浜田夫人は成人した二人の娘を連れて現れた。浜田博士が亡くなったあと夫人は医学翻訳をしながら二人の娘を育てていたため、パウラの誘いに応じるのは数回に一度だった。娘も一緒だったこともあり、その夜のパウラは特別機嫌がよかった。

娘が大学を出て就職し、ようやく肩の荷を下ろしたと、夫人は以前に変わらず控えめに語った。淡いピンクのカーディガンが似合う夫人は、一見、娘と姉妹に見えたが、目尻の皺は年を重ねたことを語っていた。夫人は包装紙を開き、赤いバラをみなに一輪ずつ配った。

賑やかなテーブルの端で、昇は一人ウイスキーのお代わりを重ねていた。最近の昇は、時どき不機嫌な顔を見せるようになっていたが、この日はことさら黙り込んでいた。

「パウラは経理が分かっていない。なにも浜田さんの娘まで招《よ》ぶことはない。こんな食事代、どこから出るんだ」

隣にかけた久枝に昇は顔を寄せて言った。

バブルがはじけたと囁かれ、企業の倒産が騒がれ始めてからも、久枝はいずれ近いうちに事態は収まり、正常化するものと思っていたが、昇は「とんでもない!」と眉をひそめた。銀行が手のひらを返したように資金を引き揚げ、中小企業の倒産の連鎖はさらに広がっていた。昇の三件の得意先も一件が廃業した。

反対側のテーブルで浜田夫人とパウラが敏夫の話に笑い声を上げているのが聞こえた。

「薫さんは俗世間を超越しているし、久枝さんや敏夫の仕事はまだいいけど、中小の製造業は本当に深刻だ」

昇は下を向いてウイスキーを重ねた。

「〝上手くいっている〟なんて言おうものなら、殺されちゃうよ」

口調が重苦しかった。ブルーの軽やかなジャンパーの襟の影になって頬が黒ずんで見えた。

「わずかな手数料で〈パートナーズ〉の経理から渉外までやって、この上、パウラの道楽の処理までできないよ」

ウイスキーを流し込むように空けると、昇はゆらりと立ち上がった。

「パウラの料金は日本では高すぎるんだ。そのあたりも彼は理解していない」

経済の実態は昇が言う通りなのだろう。しかし、多国籍企業の日本での研修投資はまだ続いていた。昇の本業が少しでも立ち直ればいいと思い、化粧室へ向かう通路の暗がりに左右によろめきながら消える昇の背を久枝は見つめていた。


次の年の夏になっても、企業の倒産はさみだれのように続いていた。五年続いたバブル経済が残した傷は、何年たてば治るのか誰にも分からなかった。新聞紙上では金融機関への巨額の資本注入の文字が躍っていた。その前の月、パウラと久枝は、日・独・仏、三か国の企業合併の結果生じた経営陣の仲間争いを鎮めるためのセミナーを軽井沢で行っていた。だが、その報酬が期日に久枝の口座に振り込まれなかった。はじめてのことだった。昇はよほど忙しいのだろうと、久枝は気にも留めなかった。

それから二日後のことだ。

「昇の会社が不渡りを出したよ。倒産だ」

仕事に向かおうとしていた久枝が電話に出ると、せき込んで話す敏夫の声が聞こえた。

「昇は最近、最大の顧客を三件、倒産で失ったと言ってたんだ。そのためだろうね。二度目の不渡りが出たらおしまいだ。昇はパウラの会社の資本金にもきっと手をつけているよ」

久枝は半信半疑だった。倒産は数字の中ではなく、現実に身近で起こるものだった。

ひと月がたち、昇が再度の不渡りを出したとき、久枝はパウラに昇の倒産を知らせた。

敏夫の心配は当たっていた。軽井沢のセミナーの報酬のほか、昇は〈マイケル・パウラ＆パートナーズ〉の資本金にも手をつけていた。〈パートナーズ〉の経理については、昇が一切を取り仕切っていて、収支の内容を知る者は昇だけだった。

晩秋にしても冷たい日で、箱崎周辺の街路樹はほとんど葉を落としていた。久枝はハンブルクから出てきたパウラと水天宮のホテルに向かった。パウラは、いつもの大きな黒い鞄と小型の貴重品を入れたバッグを持ち、いつものようにゆったりと歩いていた。

ロビーに入ると、久枝はあたりを見回した。幾度も楽しい会を開いた場所だった。この日は昇がホテルの行きつけのバーでいつものようにウイスキーを前に待っているとは思えなかった。

昇はロビーの隅に置かれた安楽椅子の端に浅く腰かけていた。肩を落とし、何も持たず、両肘を両膝について数メートル先を見ている昇の姿は、目を合わせるなり立ち上がって陽気な笑顔を見せる以前の昇とは別人のようだった。頰が浅黒く、目は窪み、見慣れたブルーの革のジャンパーを着ていなかったら、久枝は昇だと気づかなかったかもしれなかった。

近づいても立ち上がろうとしない昇の前に、テーブルを挟んでパウラと久枝は腰を下ろした。昇は二人を無視するかのように目を膝に落としたままだった。

「〈パートナーズ〉はどうなっている?」

静かな声でパウラは尋ねた。大きな体格が背筋を伸ばして聞くと、下げたままの昇の頭に声が落ちるようだった。

昇が顔を上げた。目の下のたるみが黒ずんで驚くほどに目立ち、首に皺が幾すじも刻まれ、シャツの青い沈んだ色が派手に感じられた。

「会社の資金繰りがどうにもならなくなって、〈パートナーズ〉の残金を回した。返すつもりだったが、結局返せなかった。悪かった」

思いのほか落ち着いた声だった。目の前の二人の膝のあたりに落ちる声はくぐもって聞こえたが、口調ははっきりしていて、言葉とは裏腹に後悔しているという感じはなかった。

「残金というと、この間の軽井沢のセミナーの報酬も使ったということか？」

昇はうなずいた。パウラはじっと昇を見つめた。その目には怒りとも軽蔑とも知れない、これまで久枝が見たことのない冷たさがあった。その目は、「友人を裏切るのは正義に反する」と言っていた。

かつてパウラが、「戦うときがあり」と言ったのを久枝は思い出した。「正義」に反する者に対して、パウラは怒ることができた。しかし、そのパウラの刺すような目が向かう昇の目は、パウラの膝のあたりを漂うだけで、パウラの怒りも意味を持たないようだった。

軽井沢の二日間のセミナーは特に厳しいものだった。出席者同士が幾度も衝突する中で、優位を保って話を進めるには、表面は平静を装いながら、各人の感情を読みつつ理屈の弱点を突いて取引きしなければならず、神経を切り売りするようなものだった。その結果得た報酬を奪われて、パウラの怒りは当然だった。久枝の二日分を加えたセミナーの報酬は二〇〇万円を出るくらいで、〈パートナーズ〉の資本金と合わせれば、昇は五〇〇万円あまりを流用したことになる。

パウラの怒りはもっともだと思いながら、久枝はなぜか昇に対して怒りも非難の感情も湧かなかった。久枝も資本金と二日分の報酬を失ったのだが、クライエントの不払いはこれまでにもなかったわけではない。ある若い女性の友人とのつき合いから、アメリカのシアトルに開くというレストランに出資して、年収に近い額を失ったこともあった。しかし、久枝の昇に対する感情は金銭の額だけが理由ではなかった。

「今晩、あいつは生徒と箱根だ。生徒に人気があって、始終出かけては相手をしているよ」

妻を語るときの昇は嬉しそうだった。妻の仕事を尊重している昇に対する共感が、久枝に今回の事件が昇をたまたま襲った不運のように思わせていた。不運なら分かち合うものだ。

昇は何も言わなかった。頭を垂れたその姿は、この数年の苦悩と、自分の不正で仲間に顔を上げられない悔しさに打ちひしがれていた。

沈黙が続いた。三人は三個の石のように座っていた。

「パートナーズは清算して解散する」

パウラはテーブルに一枚の名刺を置いた。

「会社の実印と会計書類一切、ここに送ってくれ」

昇は何か言おうとしたが、また口を閉ざした。

パウラは立ち上がった。黒い小型のバッグを抱えたまま、大きな鞄を提げて歩きだした。遅れて立った久枝の前に、のっそりと立ち上がった昇の顔があった。久枝は昇と向き合った。

「お体を大事に。私も薫さんも気にしていませんから」

久枝は薫の、「つき合いの出資だったんだから、気にしないでね」ということづけも込めて言った。

手を後ろに組んで昇は少し顔を上げた。目の周りがさらに黒かった。

「あんなわずかの手数料で長年面倒を見たんだ。顧客も紹介した。パウラは、十分稼いだんだ」

はき捨てるような昇の声がした。

「来週、競売だ」

パウラのあとを追おうとした久枝の背に昇のつぶやきが聞こえた。鎌倉の家のことだった。妻はどうしただろうかと久枝は思った。

久枝の知りあいの弁護士が〈パートナーズ〉の処理を引き受けてくれることになった。久枝はパウラを京橋の日本橋通りに面したビルの五階にある弁護士事務所に案内した。

パウラを見ると、奥の壁を背に大きな机に座っていた初老の弁護士は、眼鏡を外しながらゆっくりと立ち上がった。髪が薄く、腰回りが大きいというよくある体型で、仕立てのいい背広を着ていた。パウラもめずらしく背広姿で、胸を張って悠然と歩み寄り、親しげに手を差し出す様子は、アメリカ映画に出てくる有名弁護士のようだった。パウラはゆったりと椅子にかけ、初対面の挨拶と自己紹介についで、紙上で騒がれている司法試験制度の改革に話を向けた。

弁護士は身を乗り出し、弁護士資格を取りやすくする制度改正の愚を述べ始めた。〝ビジネスの話は、有意義な無駄話から始める〟というコミュニケーション術の模範が展開されたところろへお茶が運ばれた。

「〈パートナーズ〉を完全に閉鎖して、清算してほしい」

パウラは言うと、昇から受け取った書類をテーブルに置いた。

「ハンブルクにお住まいでは、わざわざお越しになるのも大変でしょう。一切を三〇万円で受け、関係書類はまとめてハンブルクに郵送することにしてはいかがでしょう」

書類を確認すると弁護士は顔を上げた。

パウラは微笑み、右手を差し出した。パウラの手が弁護士の手を包み込んだ。

何枚かの書類に署名し、立ち上がったパウラは、部屋の隅の木彫りの台に載せてあった富士の写真集に目を留めた。

「どうぞご覧ください」

弁護士は笑って言った。

パウラがページを繰る間、久枝は弁護士に聞いた。

「どうして友人のお金にまで手をつけるのでしょうね。最後のセミナーは特に大変で、パウラさんは全力を挙げていました。福田さんもそれを知っていたのに……」

久枝の言葉に弁護士は、何の感情も示さず淡々としていた。

「倒産という事態に追い込まれるようになると、人は通常、まともな判断力がなくなるのです。手当たりしだいに金に手をつけます。福田さんも破産になるまでには、親類縁者はもちろん、友人たちからも金を借りていたでしょう。おそらく、いまではつまはじきになって誰からも相手にされていないでしょう」

財界にきらめく華やかな親類、父親の関係者、楽しげに世話をしていた同窓会の先輩・後輩、クラブの仲間、趣味の集まり、すべてから借金をした果てだったのだ。

「福田さんは気持ちのいい方だったのに。本当に気の毒です」

久枝は胸が詰まった。昇の語りは温かく、思いやりとセンスがあり、つき合っていて楽しかった。

「気の毒なんかじゃありません。これだけ多くの人に損害を与えて、悪人ですよ」

弁護士はそっけなかった。パウラが本を閉じて、二人のそばに戻ってきた。

帰り際、ドアまで送ってきた弁護士が久枝に聞いた。

「この件でパウラさんについて回っておられるのですか?」

「そうです」

振り向いて久枝は答えた。

「奇特な方ですね。何の得にもならないのに」

弁護士は首をかしげた。

箱崎まで久枝はパウラを見送った。セミナーの成果と報酬を得て帰るときに、いつも軽々と持つ大きな鞄が今回は重そうに見えた。東西ドイツの統一後、ドイツ政府が打ち出した旧東独への投資優遇策に沿って、パウラはエルベ川沿岸に老後のための物件を求めていて、ちょうどそのローンの返済が始まるときだった。日本での事業は最後が後味悪かった。全く東洋を知らないロシーナは、日本での事業で際限なく負債が広がるのではないかと怖れ、日本は恐ろしい国だと思っているだろう。久枝はパウラの後ろ姿を見ながら考えていた。

「両親が弱ってきた。ゆりを引き取ってくれないか?」

ゆりが短大に入って間もなく、尚が電話をしてきた。数年ぶりに聞く声は以前のままに元気だったが、久枝は何の感慨も覚えなかった。尚は会社が借り上げた川崎のマンションに住み、日本と海外を往復しているので、一人でゆりの面倒を見ることは難しいと言った。

「大磯でたまに会うぶんにはいいけど、ゆりと二人だけで顔を合わせると、何を話していいか分からないし、何となく居心地が悪いんだ」

尚が当惑しているのが伝わってきた。七〇歳を越えた義父母からの希望によって、自然にゆりを引き取ることができるのは、幸運だと久枝は思った。ゆりのために用意していた部屋が役に立つのだ。

ゆりとはよく会っていた。中学・高校と素直に育ち、義父母に心配をかけることもなかったゆりと暮らすのは、何の問題もないと久枝は考えていた。

ゆりと暮らし始めて最初の日、久枝は朝食が用意されるのを待っているゆりを見て戸惑った。ゆりは食事から身の回りの整理まで祖母の世話で育っていた。

久枝はゆりに共同で食事の支度をすることを提案した。すると、ゆりのキャベツがなかなか刻み終わらず、久枝の玉子焼きが皿に載らなかったりして、朝の台所は皿や鍋のぶつかり合いになった。そのほか、掃除・洗濯の手順を示したり、ものの置き場所を教えたりと久枝は忙しかったが、そのための時間を惜しまなかった。

半年もすると二人の生活は、ようやく歯車が嚙み合ったかのように回り始めた。嚙み合わないのは、ゆりの態度だった。

学校にわざと遅刻し、注意すれば、「授業が面白くない」、「勉強しても仕方がない」、「短大に行ったのはおばあさんが勧めたから」と言っては頰をふくらませた。「勉強を見てあげようか」と久枝が声をかけても、「奥さんになるんだから卒業さえすればいいの」とそっぽを向いた。口を利かない日もあれば、機嫌よく二人で服を買いに出かけたものの、久枝の勧めるものを受けつけず、それなら一人で決めなさいと突き放せば、勧めたのと似た服を選んできたりした。

ある日、台所のテーブルに座ったまま久枝はゆりに聞いた。

「何が気に入らないの?」

ゆりはなかなか答えなかった。久枝は黙って待った。

「……他の子には若いお母さんが見に来るのに、私はいつもおばあさんだった。クラスの参観日は恥ずかしかった……」

久枝はゆりが授業を受けるのを見たことがなかった。ゆりの気持ちを知って、今更に胸が締めつけられ、目が潤みそうになったが必至に抑えた。同時に、尚が参観に来なかったことは、ゆりにとって気にならなかったのだろうかという疑問が浮かんだ。

おそらく参観者は、母親が多数だったろう。ゆりは単にみなと同じように母親の姿がほしかったのだろうか、それとも、尚ではなく久枝でなければならなかったのか。それは母親であることの業なのか、あるいは特権なのか。

「ごめんなさい。行かなかったのは、ほんとうに悪かったと思っているの」

「……いつも、おばあさんに心配かけないようにしていたの！」

久枝の言葉を聞いていないかのようにゆりは叫んだ。

「おばあさんは、私をよく育てないとって一生懸命だった……。だから、私はいい子にしなければって、いつも思ってた！　だから、疲れちゃった……」

ゆりは両手で顔を覆うとワッと泣き出した。

久枝は思わず立ち上がり、ゆりに近づき、ゆりの肩を引き寄せた。久枝より小柄なゆりの顔は久枝の肩に埋まり、久枝のブラウスが涙で濡れた。

〈パートナーズ〉が消滅したことは、久枝の仕事にとって一つの区切りだった。管理職研修が増える一方で、一般社員の間に上昇志向が衰えているのを久枝は感じていた。研修の焦点を、管理能力の向上にあてるより、仕事によって人生の満足度をどのように高めていくかということに切り替えた。

久枝は、マーケティング研修に得意な知りあいの三〇代の男性トレーナーと、経営・ビジネスを得意とする五〇代の男性トレーナーの三人で業務提携することにした。これまでそれぞれに引き合いがあった仕事を、三人の中で得意な者が担当することで受注を安定させた。久枝は好きな分野の仕事に特化できるようになった。

一方で、薫の提案で始めた中学生の相談相手は、思いのほか、久枝の性に合っていた。秋葉原駅に近い人口密集地にある学校の一室で、放課後に本を読みながら久枝が座っていると、覗いては立ち寄っていく生徒たちがいた。挨拶だけして放っておくと、子供は窓の外を見たり、足を投げ出したり、机に突っ伏したり、思い思い勝手に時間を過ごして出て行く。数回顔を合わせると、話しかけてくるようになった。悩みや問題を漏らすこともあり、黙って聞いていると、子供の顔が明るくなっていった。その顔を見ていると久枝の心も明るくなり、子供の相手をすることが精神の休息になっていった。ゆりの不機嫌な顔も忘れられた。

ゆりは学校の推薦で受けた大手の電気メーカーに就職が決まった。内定を受けて帰ってきたときの足取りは弾んでいた。

久枝はほっとしていた。ゆりが社会人になると思うと、ゆりを手放してから頭を離れたことのなかった圧迫感が薄れていった。

「おめでとう」

「お祝いを言われるような職じゃないよ」

久枝の明るい表情を見て、ゆりは急に表情を硬くした。

(またすねている)そう思いながら、久枝はかまわずに言った。

「立派な会社じゃないの」

「立派なのは会社の名前。私はただのお茶くみ」

ゆりはこわばった表情のまま言い捨て、手を洗うと、久枝がテーブルに用意しておいた紅茶を淹れ始めた。久枝は椅子を引いて静かにゆりの前に座った。

ゆりの手が震えているのを久枝は見ていた。久枝の視線に気づくと、ゆりはカップを置き、椅子に腰を下ろし、伏し目になった。

「ちっとも立派じゃない」

「帰ってきたとき嬉しそうだったじゃない？　ちゃんと就職したのは立派よ」

正直な思いを久枝は口にした。

すると、ゆりはいきなり顔を上げて言った。

「私、お母さんのように優秀じゃないの。いい大学にも入らなかったし、就職もキャリアと関係ないし……。無理しないでよ。仕方がない子だと思っているんでしょう！」

ゆりの口調はいらだっていた。

「私は一度もそんなことを思ったことはないよ。育てられなかったのに、素直で綺麗な娘になってよかったと、本心で思ってるよ」

知らず久枝の言葉に熱がこもっていた。ゆりは目を上げて久枝を見た。その目に涙が浮かんだ。

「お父さんは、いつもお母さんのことを自慢してた。お母さんは頭がよくて、美人で格好いいって。料理もうまい、何でもできるんだって！」

ゆりの喉から悲鳴のような音が漏れた。

「お前は全然似てないねって笑ったの！　お父さん、大嫌い！」

テーブルの端をつかんで堰を切ったようにゆりは言った。

しばらく久枝は息を整えていた。気持ちが高ぶるときに何も言わないでいることを、久枝は長年かかって習得していた。

ゆりの目にあった涙がひとすじ頬を伝った。ゆりの化粧気のない肌は、触れたくなるほどのなめらかさで、久枝は見惚れた。その肌に見開かれた目は尚のものだった。

「おばあさんは可愛がってくれた。勉強するようにとは言わなかった。塾も行ったことはない……」

ゆりの目元に一気に涙が膨れ上がり、ワッと声を上げると部屋に駆け込んでいった。久枝の目にも涙が溢れた。

いつも思い出していたあの部屋、ゆりを手放す決心をしたときの自分とゆりの姿が映像のように目の前に映った。寒い部屋だった。あのとき、小さいけれど小綺麗な家で、ずっとゆりの相手をして暮らすことが自分にできたかどうかを考えた。あのときばかりではない。何度考えたことか。

こぼしたものを拭きながら食べさせ、汚すたびに服を着替えさせ、一日中、ゆりを追い、ようやく寝ついた合い間に新聞を斜め読みして、尚が振り込む金額の中でやり繰りをする。顔を合わせるのは、ゆりと同じ年頃の子供と、自分の子にしか関心のないその母親たち。

ゆりを手放して何をしたかと問われれば、胸を張るほどのことを成し遂げたわけではない。ただ、自分の生計を立てることで、自分がすることを自分一人で決められて、そのことに後ろめたさを感じないですむ気持ち、それがほしかったのだ。そうしてそれは手に入れた。税金を納め、ゆりの養育費も得た。だが一方で、ゆりの涙が久枝に取りついていた。

久枝は立ち上がり、テーブルのカップを下げた。髪をなでようと覗いた鏡には、五〇年近くを生きた女の顔が映っていた。その顔にはゆりを置いて出て行った一七年前の面影はどこにもなく、久枝は頭を上げた。

テーブルにハンブルクで買った茶器を並べてケーキを載せ、紅茶ポットの茶葉を入れ替えると、久枝はゆりを呼んだ。涙の跡を長い髪で半分隠すようにしてゆりは出てきた。顔をそむけるようにしたまま、すぐにケーキに手をつけた。

紅茶の香りが広がった。

「さっきの話だけど……」

ゆりの頬がゆるんできたのを見て、久枝はゆっくりと口を開いた。

ゆりはうつむいたまま黙っていた。

「いままで生きて思うのだけど、頭がいいとか、キャリアがあるとか、美人だとか、そんなことは大したことじゃないよ。頭でも、キャリアでも、上には上があるから、どんな人でも周りと比べて自分に不満や引け目を持っている。でも、何が上なのか、何がいいのか、どうして分かるの？　大切なのは自分がやれることをやって、それを楽しむことよ」

ゆりは黙って手を動かし、ケーキを食べ終えた。

「そうして」

久枝の胸につかえていたことが込み上げてきた。

「人を愛すること。私は、いつもゆりをいちばん愛していた。だから幸せだった。ゆりのことを思うと元気が出たし、ゆりに渡すために仕事をしてお金を貯めようと思った。長い間、ゆりを引き取りたかったけど、勝手に預けたんだからと思って、ゆりを可愛がっているおばあさんやおじいさんに言い出せなかった。だから一緒に住むことができるようになったとき、本当に嬉しかった。人は誰かを愛することができればそれでいいと思うの。それがあれば他に何もなくても幸せなの」

カップを持ったゆりの手が震えていた。

「ゆりも、できることをやりたいようにしよう。自分の人生だもの。ゆりは優しいおばあさんに育てられたのだから、それを感謝しよう」

しばらくしてカップを置くと、ゆりは落ち着いた表情で目を上げて久枝を見た。その目は尚のものだった。自分が愛せなかった目。その目が威張ることを許せなかったのだ。久枝の胸に込み上げるものがあった。ゆりを手放して以来、ゆりの目に浮かぶ涙に久枝は自分を責めていた。いまのゆりの濡れた瞳に久枝ははじめて尚の影を見ていた。尚もゆりを泣かせていた。

尚が当然のように仲間との昇進争いに固執しなければ、たとえ職場の慣習を破ってでも、週に一日早く帰り、久枝の働きたい気持ちを汲んでくれていたら、週末の一日でもゆりの相手をし、「子育てより仕事の方が楽だな」「そうね」と互いに言い合えるようだったら、ゆりを泣かせることはなかった。自分もゆりを抱えたままできる仕事に転職を考えたかもしれなかった。アルジェリアにゆりを連れて行き、東洋と全く違う世界で働く父親の姿を見せる光景が浮かんだ。中東の空のもと、手をつないだ尚と久枝を見上げて笑うゆりは、どんな子になっていただろう。

ゆりを連れて家を出る前にもっと自分の気持ちを説明していたら、尚は久枝の性格を理解し、自分の態度を変えただろうか。それとも、言われて分かるほどの想像力があったら、久枝が週に一度の定時の帰宅を頼んだときに、事態を理解していたのではなかったか。しょせん、妻を理解できない尚であったのなら、つまりは、自分に男を見る目がなかったのだろう。そうして、どれもこれも自分と尚の問題だった。

激しい感情が込み上げるのを久枝は必死で抑えていた。ゆりを抱きしめたかった。

ゆりが部屋に戻ったあと、久枝はゆりの椅子をしばらく見ていた。ゆりと向かい合い、もう一度自分を振り返ったことで、体中にほっとした思いが広がっていた。ゆりの就職が決まったことへの安堵感が確かなものになって、体の力が抜けていった。

久枝はお茶を淹れなおした。立ち上るジャスミンの香りとともに、心からの安堵と自由が広がっていくようだった。その中に、ゆりを手放してからこれまで一度も男性に心を動かされることがなかったのは、幸運だったという思いがあった。男性に惹かれていたら、ゆりが自分を許すことはなかっただろう。

尚と正式に離婚の話を進める時期かもしれなかった。長年、まといついてきた絆から離れて、新しい自分を発見できるかもしれないと久枝は思った。

立ち上がろうとして、久枝は突然腹部に違和感を感じた。両手を当ててみたが、痛みはなかった。長年、健康診断を受けていないことが頭に浮かんだ。いちど病院に行った方がいいかもしれないと考えながらも、翌日は母を訪ね、夕方に中学校で生徒を見守り、夜は仕事の資料作成、次の日は——、と考えると次の週まで動きがとれなかった。それでも久枝に不安はなかった。解放感が大きな幸せになって久枝を包んでいた。

実家の周辺は静かだった。両隣も老人世帯になり、最近は住民と顔を合わせることもなくなっていた。父が亡くなったあと、廊下を挟んで二世帯にした家に、九〇歳を越した母は兄の家族と住んでいた。孫も就職して家を離れ、病気がちの兄と二人で住む義姉は、夫の看病を口実にして滅多に母の家に顔を出さなかった。

久枝が訪れると、母はいつも仏像のような笑顔を見せた。前の年には肘を骨折したが、老齢だからと手術をしないでいたところ、骨は自然についたが、その後、頭の衰えが進んだ。母は玄関前の石垣が崩れていることを気にしていたが、兄は費用がかかると言って手をつけなかったので、久枝は母のために修理費を出した。母は嬉しそうな顔を見せたが、久枝が次に訪ねたときには、石垣が崩れたことも直したことも忘れていた。

父の死後、母は年金で質素に暮らしていた。兄は大企業に勤めたものの、二人の息子を大学院から就職させ、家を二世帯にする工事をしたあと、妻に老後の費用に余裕がないと言われていた。姉は夫が大手の銀行に勤めているものの、夫の給料で家計をやり繰りする中で母に尽くすことはしなかった。名店の菓子や果物で母を喜ばせるのは、久枝の役目になっていた。兄や姉に比べて放っておかれることが多かったのを思うと、不公平な気がしないでもなかったが、それだけ自由を得ているのだと久枝は思っていた。なにより、ゆりを手放したときに黙って全財産を渡してくれた母のことを、久枝は忘れていなかった。母が一度も手にしたことがなかった贅沢なショールや寝間着をさりげなく贈り、母が目を輝かせるのも久枝の喜びになっていた。

――昔はこんなに丁寧に刺繍したものがあったのよ。母に買ってもらったの。まだ新しいでしょう。

前の訪問のときに久枝が贈ったものを、遠い昔、母親から受けた愛情と混同して、母は大真面目にショールを広げて見せたりした。やがて母の隣の部屋に泊まり込まなければならなくなるかもしれない。ゆりが結婚して家を離れれば、実家へ移ってもいいと久枝は頭をめぐらせていた。

「大失敗をして島流しだ」

子会社に行くことになったと、尚が久枝に電話をしてきた。

新しい肩書はオーストラリア企業との合弁会社の社長で、本社はシドニーにあった。体よく主流から外されたのだと尚は言った。ライバルたちがスクラムを組んで尚の役員就任を阻止したのだと、声には悔しそうな響きがあった。「大失敗」が何か、久枝には聞きたいという興味すら湧かなかった。どこにもある昇進争いにすぎない。

「しばらく釣りとゴルフでもするよ。これまで働きすぎた」

ついてはシドニーに一緒に行って、歓迎会と顧客への挨拶回りだけでいいからつき合ってほしいと尚は言った。外資系企業でもあり、妻が同行するかしないかは評判に関わるばかりか、今後の仕事への期待にも影響しかねなかった。

「君ならどこへ出しても自慢だからさ」

相変わらずの無神経さと単純さだと久枝は思った。

「ホテルの部屋は別にとっておくから」

気は遣っている様子に、離婚を前にして久枝は最後の協力をするつもりになった。

尚はさらに、社宅は今月で出なければならない、シドニーに発つ来月五日まで久枝の家に置いてくれないかと言ったが、久枝は断った。ともにいれば尚の言葉や態度に神経が逆なでされるのは目に見えていた。尚が会社の仲間から爪弾きにされるのも当然と久枝は思った。人の気持ちを傷つけて気づかぬ鈍感さ、変わることのない独りよがり、はじめに家族を傷つけていたのだ。

シドニーでは都心のホテルに泊まり、本社で開かれた歓迎会、世界遺産のコンサートホールでの音楽会、郊外の工場訪問に、久枝は尚とつき合った。海外になじんだ尚は、確信に満ちた率直さで多国籍企業の役員や同業の代表、地元の行政府の役人たちと挨拶を交わした。教養に溢れた優雅な女性、闊達なキャリア女性として久枝に寄せられる賛辞に、尚は久枝が見たことのないほどの上機嫌で、得意の笑顔を見せていた。

帰国の当日、久枝は尚と湾の対岸の動物園を歩きながら下っていた。カーブを曲がるごとに海を背景に異なる動物が植栽とともに現れた。日本の肌寒い早春が嘘のように、ここでは夏の太陽が照りつけ、クリスマスローズが紅色の花弁を揺らしていた。

帰ったら離婚の手続きをしたいと久枝は尚に告げた。ゆりは最近、同僚とつき合い始めていた。ゆりの結婚は二人を解放するはずだった。

久枝は、尚と二人でゆりに結婚祝いの名目でまとまったお金を渡したいと考えていた。経済的に夫に頼って生きていく生活の中で、多少とも自由になるお金を持たせて、人生に幅を持たせてやりたかった。

「やるほど持ってないよ。貯金もないし」

尚があっさりと言うのに、久枝は驚きを感じた。

「高い給料ではないし、海外で動いていると、結構、金を使うんだ」

当然のような口調で尚は言った。勤め先は大企業だが、給与のよさで知られているわけではなかった。それでも尚は早くから昇進を重ねていたし、幹部社員としての経歴は長かった。社宅に住み、各種の手当や経費が出るうえ、一人暮らしだった。

自分の収支はどうだったのかと久枝は振り返ってみた。ゆりの養育費、税をはじめ、社会保険費、事務所と家の維持、仕事の経費に、仲間とのつき合い、母の面倒――。出費は大きかったが、それでもゆりの通帳に月づき決まった額を貯めていた。

「結婚式までは籍を置いておこう」

シドニー空港での別れ際に尚は言った。


東京で開かれた会合の帰りだと言って、薫が久枝の事務所に顔を見せた。薫は事務所の入り口で改めて看板を見て言った。

「オフィスの名前、まだ〈51〉のままでいいの？　私たち、もう五〇歳よ」

「年月は止められないし、社名は変えるわけにはいかないし」

久枝は笑った。

社名を決めたときには、五〇歳など考えられないほど遠い先だと思っていたのが、いまや幼かったゆりが結婚しようとしていた。

「今年の花の房は大きいみたいね」

薫は久枝の腹部にちらと投げた目を窓の外のマロニエに移した。〈ピースハウス〉は人材も育ちつつあり、順調だと薫は言った。

「敏夫さんは医学関係にもクライエントを広げているみたいね」

敏夫が仲間と開発する危機管理プログラムは、マニュアル的な構成になっていて、簡単な訓練を受ければ誰でも教えられるようになっていた。

「そんなプログラムを使って、トレーナーの出番はあるの？」

久枝が聞いた。

「さあ、ともかく、パウラさんから見れば邪道ね。そのパウラさんはいま、ドイツのクライエントが韓国に創った合弁会社によく出向いているようよ」

薫は笑って言った。

パウラ流のセミナーが韓国で通じるのだろうか。神田の古い事務所にかかっていた〈ニューエンジニアリングＫＫ〉と〈マイケル・パウラ＆パートナーズ〉の表札が久枝の頭に浮かんだ。表札はすでに外されているはずだった。

「昇さんはどうしたでしょうね？　〝まさか〟っていうことはないでしょうね」

薫が久枝に目を上げた。最近、薫は鎌倉に昇の家の跡を訪れていた。木一本残さず平らな更地になっていた。隣や後ろに住む昇の親類の家には木々が生い茂っていて、その緑が赤茶けた地面の一角と奇妙な対象を見せていた。

「大丈夫よ！」

久枝は力を込めて言った。

〈マイケル・パウラ&パートナーズ〉の閉鎖処理の手続きを頼んだ弁護士から、パウラに必要書類をすべて送ったと電話があったとき、久枝は昇の消息を尋ねてみた。

——離婚したらしいですよ。誰かがそれらしい人を小田急線の中央林間で見かけたとかいうのを聞いたことがありますが……。そちらこそ知りませんか？

弁護士の声は関心がないと言っていた。

「それっきりだけど、私は確かに生きていると思う」

久枝は薫に強調した。

「きっと誰かの翻訳を引き受けたり、どこかの会社の隙間を渡り歩いてるんじゃないかしら。自殺するには昇さん、シニカルすぎるから」

久枝は半ば自分に言い聞かせていた。

——いいやつだよ。

最初に昇を紹介されたときの敏夫の言葉を久枝は思い出していた。

「久枝、お腹が膨れていない？」

帰り際に薫は真剣な眼差しで言った。

「お願い、久枝、病院に行って」

ゆりは勤めに近い品川の海岸寄りのアパートに新居を決めて出て行った。久枝は実家に泊まることが多くなった。母は、夜ベッドに入るとき、夜中に手洗いに立つとき、朝起きるときなどに転ぶ危険があった。久枝は実家にパソコンを持ち込み、昼間は事務所や仕事先へ出向いた。結婚式がすんだことでもあり、尚に連絡しなければと、久枝は考えていた。〈オフィス51〉の数字が久枝の五一歳と合致したいま、ちょうどいい区切りだった。尚からもゆりからも解放されて、薫と訪れた〈谷間の百合〉のロビーの絵に掻き立てられた胸の情熱を抱いて、新しい人生が始まるのだった。

年が明け、母の調子は安定していた。医者の診断では内臓に悪いところはなく、食欲もあり、当分は心配ないということだった。尚に離婚の書類を送る前に、ゆりに話しておくつもりで久枝は勤め帰りのゆりと横浜駅で待ち合わせた。

駅前のホテルの喫茶室で、久枝の前に座ったゆりは活発に話し始めた。会社からの帰り道に手頃なスーパーがあるとか、夕食は出来合いの惣菜を買って手を加えるとか、他愛のない話にゆりの幸せが思われた。ほとんど化粧をしていないゆりの肌がかすかに上気しているのを、久枝は花を愛でる思いで眺めた。

順調に流れていた時間は、久枝が書類の話を始めたときに突然止まった。

「お願い、離婚しないで。お父さんがかわいそう」

ゆりの顔色が変わり、声はかすれ、涙が膨れ上がってきた。しばらく沈黙があった。

「離婚なんてしたら、赤ちゃん、抱かせてあげないから」

涙がゆりの頬を流れ続けた。

「いいから泣かないで」

胸に鉛の球を当てられた思いをしばらく呼吸で整えて久枝は言った。そのとき、久枝ははっきりと腹部にしこりを感じた。


築地のがん研で久枝は子宮がんの告知を受けた。

医師はかなり進行していると表情を変えずに言った。予想しなかったわけではないが、久枝は他人事のような感じで医師の宣告を聞いていた。

むかしから久枝には薬をはじめ外科的な作為を避ける感覚があって、これまでたまたま健康であったことがその感覚を頼る志向を強めていた。いまさら検診を怠ったことを後悔しても始まらないと思うと同時に、ゆりの顔が頭に浮かんだ。

(このまま放っておけばいつごろ死ぬのかしら)

久枝はぼんやりと考えながら、医師がはきはきした声で手術日を告げるのを聞いていた。

「入院の手続きについては、看護師からご説明します」

医師の声はここで途切れた。

夏の終わり、築地のがん研で久枝は子宮がんの摘出手術を受けた。退院前日の朝、高層階にある東京湾を見渡す休憩室で久枝は姉と向き合っていた。

「築地市場をはじめて見たわ。東京にいるといっても、自分が住んでいる土地の周りしか知らないのね。隅田川なんて外国みたい」

窓に額をつけるようにして、姉は浜離宮の緑や新聞社のレンガ色を眺め下ろしていた。姉は長年、自宅のある荻窪周辺で暮らしてきた。

「友人に末期がんに罹った人がいるんだけど、信州の温泉で療養したら治ったそうなの。つき合うから試してみない?」

窓から目を外すと姉は久枝を見た。姉の口から聞くはじめての誘いだった。

「だって、兄さんは?」

何事も義兄しだいの姉に、久枝は反射的に聞いていた。

「いいの。何とかして置いていくよ。久枝の病気だもの」

焦げ茶色の長めのスカートで中年らしい丸い腰を包み、長めのベージュのジャケットに、ローヒールの黒い靴を履いた姉の姿はしまりなく、動作も緩慢だった。

同じ高校に通い、成績優秀だった姉が、専業主婦になることしか頭になかったのが、久枝には後々まで不思議だった。

——私、怠けものなの。

女子大のころに自分を称して姉は言った。社会に出て差別されながら働いて悔しい思いをするより、夫の収入で子供の相手をしている方が楽だものと説明した。

面倒なことが嫌いで、人の世話は避ける、人の意見に反対しないが従わない、整って優しげな顔立ちに加えて人あたりがよく、一見、従順で女性らしく、親には好かれた。小さいときから見せられてきた姉の要領のよさが何となく苦手で、久枝はこれまで姉とゆっくり語り合うことがなかった。

朝から夜まで塩分の高い温泉につかり、その温泉水を飲む。つらいが効能がある、駄目でもともと、試してみようと姉は繰り返した。温泉の誘いは、運命が最後に用意した姉との絆かもしれないと久枝は思った。

上田駅から北東の山地に向けてタクシーを走らせる間、久枝はくすんだ空を見ていた。これから向かう底知れぬ世界を思わせるような灰色の濃淡の霧が幾重にも木々を覆い、霧はそのまま久枝を呑みこむかのように押し寄せて、車の窓に当たっては逸れていった。白い点は雪が混じっているのかもしれなかった。この道はあと数か月で、体の芯まで洗われるような緑が溢れるのだろう。その緑を見ることはないかもしれない。そう思ったとき、久枝の胸に重く冷たいものが沈んでいった。これまで感じたことのない不安感だった。どんなに考え、努力しても動かないものが待っている。それに出会うまでの時間がほぼ確定していた。鼻の奥が詰まり、ちり紙がほしかったが、バッグを引き寄せるのも億劫だった。隣に座った姉が、何もしゃべらないのがありがたかった。

二時間後、車は山あいの小さな村に着いた。陽の暮れはまだのはずが、時間のない薄暗さがあたりを覆い、山あいから幾すじも煙が上っていた。長い屋根が重い建物の大きな玄関に入ると広い土間になっていて、左手に腰ほどの高さに畳の座敷があった。くすんだ太い柱が、「湯治場」という言葉を思い出させた。

「よう来やした」という声が聞こえた。（まだ現世にいるんだ）久枝はあたりを見回し、後ろを振り返ると、荷物を抱え、運転手にチップを握らせる姉の姿が、孤独な道祖神のように霞んでいた。案内された二階の角部屋は、建て替えをした様子で、暖房も十分効いていて、天気の日には眺めがよさそうだった。

翌日も空は垂れ込めていた。一〇部屋ほどあると思われる宿は静まり返っていた。空にも音一つなく、寒さで鳥も姿を見せないのだろうと思われた。

久枝は温泉の指示書に従って日に三度入浴し、数回、温泉水をコップで飲んだ。母屋から一〇メートルほど離れて、木製のすのこを敷いた屋根つきの渡り廊下の先に、豊富な湯を湛えた温泉があり、数人の女性が湯につかっていた。強い臭いはなく、湿気で曇る室内では女性の年齢も体の様子も分からなかった。夜になると体中がほてった。

三日目の朝、久枝は体中がこわばりバリバリと鳴っているように感じた。髪のつけ根から塩が噴き出しているような気がし、まぶたが硬直して失明するような怖れに見舞われた。清水を浴びるように飲んでも喉が渇いた。息苦しさと痛みで心が刻まれる思いがした。幼いころにアレルギーがあった記憶が浮かび、この湯とは相性が悪いのかもしれないという思いが、全身を走った。這うようにして廊下に出て、屋根を支える柱にすがるようにして立つと、山から下りてきた冷気が体を包み、生きているという感覚に久枝は包まれた。

〈山を下りて現世に帰ろう〉久枝は思った。

この体の苦しさに耐えてまでやることが残っているだろうか。ゆりは育ったのだ。幼い子を残して命を失う母親を思えば、これ以上望むこともない。

夕方に起きだすと、久枝は杖を借りて、どんよりした外に出て、宿の周りをゆっくりと歩いた。山の稜線がかすかな光を受けて柔らかくなびき、木々は眠りから覚めて笑う用意を整えているかに思われた。足元の窪みを避けて歩くと、雪を払った竹の緑があざやかで、久枝はしばらく見惚れた。〈谷間の百合〉で見た絵のようにあざやかな色だったが、体の中に湧き上がる憧れはここでは生まれなかった。

四日目は終日、久枝は湯に近づかなかった。これからしばらくの間にすべきことが頭に浮かんでは消えた。姉は久枝に関係なく、日に一度は湯につかっては「気持ちいい」と言い、山菜の食事をほめ、昼寝をして明るい顔で過ごしていた。

六日目、久枝は皮膚から塩が引いていくのを感じた。心が広がっていった。出された食卓の椀すら重く感じるほど力はなくなっていたが、頭が動き、感覚が働くのを久枝は意識していた。温泉に来て七日目の午後、はじめて空が明るくなった。かすかに高く夕月がかかっていた。久枝は姉と出窓に寄って眺めた。

「姉さん、ありがとう。いまになって姉さんと一緒に旅行するなんて、考えたこともなかった。人生っていろんなことがあるのね」

義兄がいる間は、姉が自分の意思で動くことはないと決めつけていたと、久枝は苦笑した。

「私の人生は楽だったけど、つまらなかったって、いまごろ思うの。いまさら言っても変わるものでもないけど」

姉の横顔を久枝は眺めた。姉は大学を卒業すると、大手都市銀行のサラリーマンと結婚し、希望通り専業主婦になった。真面目な夫は役員になったが、二人の子供の教育費や家のローン、貯蓄など、大きな出費は夫が決め、残された家計に主婦の裁量の余地はわずかだった。やり繰りして友人とのつき合いに意地を張るだけで月日が過ぎた。幼いころはすがってくれた子供たちも、大人になれば親への思いも薄れた。

「久枝はよかったね。お金が自由で、行きたいところに行くことができて」

情感がこもっていた。姉には姉の感慨があった。

「好きなことをしたのは確かよ。山あり谷あり、そうね、事業まで手を出したり……」

わざと快活に言ってみせると、久枝の頭に久しく忘れていた若い女性の顔が浮んだ。ジェーンといった。シアトル大学の学生で日本語の勉強に東京に来ていたのだ。

——脂まみれの食事に慣れたアメリカの学生に日本の食を提供したい。

漫画で日本に憧れたという小柄で活発だったジェーンは、シアトルの大学周辺にレストランを開きたいと言って計画書を示して協力を求めて来た。そのときのジェーンの真剣な顔、物件を求めて大学付近の坂をともに歩き回ったときの輝くような顔。結局はシェフに日本酒や醬油を持ち逃げされてつぶれた夢。月がかかった信州の空が一瞬、海を映したシアトルの青い空に変わり、持ち込むはずだった京都のおばんざいや饅頭、消えたドル紙幣までが空一面に浮いているような錯覚を久枝は覚えた。ジェーンに高校時代のゆりが重なるのは、あのときの夢だったのだろうか。

その空には、男性に囲まれて硬い表情をした女性セールスマンの顔もあった。その女性が昨年、大手の外車販売会社の社長に就任したのを久枝は新聞で知った。あの女性に経営者としての教育をすべきだと言っていたパウラの顔も浮かんでいた。パウラは実際に経営陣に進言したのだろうか。外で女性を育てることに熱心だったパウラは、ロシーナが自分を支えるのを当然としていた。そのロシーナの横顔も浮いているが、表情が読めない。

久枝の頰がゆるんだ。

「楽しかったよ。いろんなことをしたものね」

過去が走馬灯のようにめぐり、記憶は途切れることなく続いた。出会った大勢の人たち、その一人ひとりがなんと違っていたことか。その違いは変えようがなく、それぞれがその人だけの人生を生きていた。

久枝は息を整えた。

「ゆりを産んだことも後悔していない」

ゆりの存在が久枝の人生を決めた。尚に対する感情を殺し、異性に対する態度を変え、久枝のキャリアをつくった。そのゆりは手元を離れた。老いた母はまだ残っていた。

しばらく沈黙があった。

「お母さんのことは心配しないで。大丈夫よ」

久枝の心を見透かしたかのように姉は言った。

「〝このごろ久枝は来ないね〟って聞かれたら、仕事で忙しいって言っておくよ。〝ああ〟と言ってそれでおしまい。老いの幸せかしらね。兄さんのことですらそうなんだもの」

あれほど頼りにしていた長兄は一年前に亡くなっていた。「武士の娘だから泣かない」と言って、母は毅然として涙を見せなかったが、仏壇に手を合わせることは忘れていた。

「気丈といえば気丈だけど、実際の生活に困らなければ、あの歳では人の生も死も変わらないのかもね」

久枝は思わず笑った。母は九四歳になっていた。最近の母は久枝が一日一緒にいても、姿が玄関から消えれば、娘が来たことを忘れていた。

「久枝もこれから先、長生きしてもあまり面白いことはないと思うよ」

姉は真面目な顔でつけ足した。

久枝は肩の力がすっと抜けていくような心地がした。

〈見るべきほどのことをば見つ〉ふと浮かんだ言葉は、和歌の雅びと殺し合いの争いの果ての感慨だったのだろうか。知盛三三歳の言葉なら、自分は遅ればせながら五一歳で人生を見たと言ってもいいのではないか。やがて生まれるゆりの子供はあまりに遠く、霞の先に消えていた。


東京に帰ると、久枝は提携していたトレーナー仲間の二人に、自分のクライエントを分けて託した。会社の解散、登記抹消、事務所の賃貸契約解約、役所への届出など、息切れで休みながらも事務ははかどり、動くことができるうちに会社整理をすませるようにした。一つ片づくごとに自分が生きていると実感しながらも、一方で生きていく理由が減っていく感覚も入り混じって久枝を包んだ。これが望んでいた新しい自由だったのかもしれないと思われた。

初夏を迎えて家々の塀越しに見える木々が、まだ春の延長のようなさわやかさを留めていて、夾竹桃のつぼみがあざやかだった。久枝はＪＲ五反田駅から、山手線の内側の住宅街を上ったところにある病院のホスピスに入った。

久枝が入院した翌日、薫は病室を訪ねた。病院の最上階がホスピスになっていて、ゆったりと幅を取った廊下に面して部屋が並び、それぞれに表札が出ていた。

戸をたたくとドアが開いて、セーターに長い髪を肩に流し、スカート姿のゆりが微笑んで迎えてくれた。二〇畳ほどの広さの部屋の片隅に置かれたベッドに、久枝はタオルケットをかけて枕に寄りかかっていた。薫を見て頭を少し上げた久枝は、痩せて表情が単調になっていた。

「前に薫のホスピスを訪ねたとき、〝こんなに手を尽くさなければ、人は死ねないのかしら〟って言ったけど、いざとなったら、あんなに働いたのだから、死ぬときは楽をしたいと思って」

低い声で久枝は言った。久枝ははじめは〈ピースハウス〉に入ることを考えたが、最後ぐらい看病させてほしいというゆりの希望に折れて、ゆりの勤め先に近い五反田にしたのだった。

「仕事関係の整理は終わったし、時間が与えられてよかった」

息を吐き出すように久枝は言った。

久枝の生涯は、オフィス名の〈51〉を越すことなく、オフィスは久枝の歳に合わせて閉じられた。薫は久枝が命の長さを予想していたかのように思った。

「人生って、以前にしたことの責任を取って動いているうちに過ぎるようなものね」

笑みすら浮かべている久枝の目は澄んでいた。

「〝薫の忠告を早く聞いておけばよかった〟って思ったこともあったけど、案外、これが〝潮時だったんだ〃と思うこともあるの。死ぬのははじめての経験だし、不安だけど、人間すべてが繰り返してきたことだし、そう思えばあたりまえのことね」

感覚が鋭い久枝が匂いのあるものを受けつけないかもしれないと考えて選んだ桜の大枝を、薫は床に置いた。桜には一〇年も前に久枝と長浜の曳山祭りに行った折に、桜嵐に見舞われた思い出もあった。

「一緒に長浜に行ったことがあったでしょう。あのときの桜、覚えてる?」

薫の言葉が、久枝の頭の中に様々な映像を巻き戻した。大通寺の広い外廊下に寝転んでいた老人、飛び立つ鳩、子供歌舞伎、屋台、川に向かう道の雑踏、そして、満開の桜。

「風が強かったでしょう」

薫の声が聞こえて、嵐のような風が久枝の中の桜を襲った。空も人もすべて淡い桃色の幕に覆われ、隣の薫も見えない、ひたすら桃色の世界に花びらがひらひらと舞う。花びらは表に裏に、まるで生と死のように、折り返しながらいつ地面に下りるのだろう。久枝は、軽い身がさらに淡くなっていくのを感じていた。

壁を隔てたキッチンからゆりが紅茶器を載せた盆を持ってきた。茶を淹れるゆりの姿は、長年久枝と一緒に過ごしたかのように自然で、薫自身、ゆりと幾度も会っているような気分になった。

「快適よ。ただ、だるくて」

言葉はあっても、久枝に表情はなかった。治療は痛み止めだけになっている久枝を、薫はじっと見ていた。久枝はタオルケットをしきりに引き上げては体位を変え、また引き上げては反対に体を向けた。

「ゆりがつき添ってくれて、嬉しいの」

久枝は言った。薫は涙を見せないように横を向くと、久枝が好みだった四谷の茶巾寿司を二つ、湘南の和菓子に手製のババロアを二個添えて、ゆりに渡した。

薫が外に出るとゆりがついてきた。

「お見舞い、ありがとうございました」

丁寧に頭を下げた。

「今晩、母といただきます」

間を置いてゆりは低く言った。

「母は父には見舞いを断っているんです」

翌日の夜、薫はゆりから電話を受けた。昼過ぎに痛み止めの注射を打ったあと、意識が遠のき、久枝は夕方亡くなった。

横浜から横須賀に向かう高速道路の途中を右に折れて小山へと上っていくと切り通しに出る。その先の二本に分かれる道を左に取ると、一気に空は暗く道は狭くなり、左は濃い森、右側は木々に覆われた傾斜が切り立ち、一瞬、深山に迷い込んだ気がする。薫は車を止めて、地図をもう一度確かめた。

道はさらに狭くなり、窓にザワザワと竹の葉を引きずりながら半キロも進むと、ようやく平らな場所に出た。あたりは鬱蒼として人影もなく、苔で湿った道端に墓地分譲の看板だけが白く立っていた。

看板の矢印の先に、山に沿って小型車がようやく通れるほどの小道が伸びていた。そのまま竹藪の中をうねりながら辿ると、数分して突然視界が開け、削られた山肌に何千もの墓地が、まるで段々畑のように現れた。端の中ほどの段に、パーキングらしい、猫の額のような平地が見えた。

ひと気もない中に車を止め、薫は外に立った。肌寒い風がいきなり吹き抜け、薫は思わずジャケットの襟を立て、空を見上げた。疑いようのない春の日差しが、遮るもののない斜面の墓地に隈なく注ぎ、目の前に広がる東京湾はあくまで青かった。

墓地群の両端はまだ林で、雑木に杉の高い木立ちが混じり、こぶしの白い花が緑の中に斑点のように浮いていた。左手奥の高みには寺の塔の先端が見えた。

真新しい墓碑の合間を縫って一〇分あまり、久枝の墓は劇場のバルコニーのように空と海の中に突き出していた。潮の色に混じって梅の残り香が漂っていた。

——海の見えるところです。

薫の耳にゆりの声が聞こえた。

墓石は白く横長で、真ん中に〈磯村家之墓〉と横に書かれ、百合の花が周りに彫ってあった。薫は抱えてきたカサブランカを供えた。高校のときから薫の目に映る久枝は、大輪の百合のように香りも力もある女性に見えていた。このごろ人気の大きな百合は、墓石に彫られたクラシックな百合を圧倒するようだった。


久枝が亡くなった夜、ゆりの知らせでシドニーから前日に帰っていた尚は、酒を大量に飲んで大声で泣いた。病院を知らされていなかった尚は、いずれ会えると思っていたのに遅すぎたと言って悔やみ、怒り、そして昔のアルバムを取り出して久枝の写真を見てはまた泣いた。騒がしい尚を、ゆりは荒れる動物をガラス越しに見るように眺めていた。母が父に会うことを拒絶した気持ちが分かるような気がした。父が哀れだった。

かけがえのない女性を亡くしたと、さんざん泣いたあとで、尚は墓がいることを思いついた。次男である尚に墓はない。新しい墓に久枝を葬り、いずれ自分も入る。他に入る者はいない。ようやく二人だけになれる。「墓だ、墓だ」と、尚の顔は涙に輝いていた。

墓が出来上がったと、薫がゆりから知らせを受けたのは昨日だった。

「母が最期のときまで拒否した父ですので、ご紹介はしない方がいいかと思います」

墓の場所だけを書いてきたのも、訪ねるかどうかは薫に任せるということだろうと考え、久枝の娘らしいと薫は思った。

考えてみれば、夫の最後の見舞いすら断った久枝が、自分が死後に眠るところを指定しなかったのは不思議だった。黙っていれば夫の墓に葬られるのは予想できたことだ。

〈谷間の百合〉の壁にかけられた絵に魅了され、目を輝かせていた久枝が薫の頭に浮かんだ。離婚を娘に妨げられ、病を得たことで、久枝は思いを定めた。自分の人生は好きなように生きたのだから、死後のことまで采配するのは思い上がりだと思ったのだろうか。あるいは自分を徹した償いとして、死後の場所は尚の思うように任せたのだろうか。最後の看病を娘の希望通りにさせたように。

（久枝さん、分からないことばかりよ。どうして病院にも行かずに早く逝ってしまったの）

薫はつぶやいた。

――分かる必要があるかしら？

久枝が答えていた。

――誰も自分のことすら分からない。でも、私は薫が好きだったし、私の人生も好きだった。

久枝が語るときの表情を薫は思い浮かべた。

（そうね。人はみな違うのだから、分からないのは当然ね。分からないで愛するのね）

分からないのは当然といいながら、薫は久枝と対話している自分を感じていた。薫が生きている間は、久枝も薫の中に生きていた。久枝は生き生きと薫の好きなように対話してくれるのだった。

海からの風が首すじを鋭く通り抜け、薫は空を見上げた。空はひたすら澄んで清かった。

高倉やえ（たかくら　やえ）

1937年生まれ。

1959年、東京女子大学英米文学科卒業。結婚。

1983年、同時通訳者養成学校アイ・エス・エス（現・アイ・エス・エス・インスティテュート）卒業。以後、会議通訳者として働く。

2015年、第１回林芙美子文学賞佳作受賞（「ものかげの雨」）。

2016年、「早稲田文学 2016年夏号」の〈各種新人賞受賞者競作〉に、「クワエクンケ スント ベラ」を発表。

著書に、『天の火』（梨の木社）、『星月夜』『雪の朝』（角川書店）ほか。

# 紅《あか》い海《うみ》

初版発行　2017（平成29）年12月1日

著　者　高倉やえ
発行者　宍戸健司
発　行　一般財団法人 角川文化振興財団
〒102-0071　東京都千代田区富士見 1-12-15
電話 03-5211-5155
http://www.kadokawa-zaidan.or.jp/
発　売　株式会社 KADOKAWA
〒 102-8177　東京都千代田区富士見 2-13-3
電話 0570-002-301（カスタマーサポート・ナビダイヤル）
受付時間　10:00〜17:00（土日 祝日 年末年始を除く）
http://www.kadokawa.co.jp/
印刷製本　旭印刷株式会社
 ISBN 978-4-04-876492-6 C0095